生石花开

张绪康　著

江苏凤凰文艺出版社
JIANGSU PHOENIX LITERATURE AND ART PUBLISHING, LTD

图书在版编目（CIP）数据

生石花开 / 张绪康著. —南京 ：江苏凤凰文艺出版社，2019.10 (2023.7重印)
ISBN 978 - 7 - 5594 - 4145 - 4

Ⅰ. ①生…　Ⅱ. ①张…　Ⅲ. ①诗集－中国－当代
Ⅳ. ①I227

中国版本图书馆 CIP 数据核字(2019)第 224297 号

生石花开

张绪康　著

责任编辑　梁雪波　汪　旭
装帧设计　私书坊_刘　俊
责任印制　刘　巍
出版发行　江苏凤凰文艺出版社
　　　　　南京市中央路 165 号，邮编：210009
网　　址　http://www.jswenyi.com
印　　刷　三河市双升印务有限公司
开　　本　880×1230 毫米　1/32
印　　张　11.125
字　　数　212 千字
版　　次　2019 年 10 月第 1 版　2023 年 7 月第 2 次印刷
书　　号　ISBN 978 - 7 - 5594 - 4145 - 4
定　　价　69.80 元

依旧青山绿树多

——张绪康诗集《生石花开》序

叶延滨

《大河》诗刊主编高旭旺先生向我推荐了《大河》签约诗人张绪康的新诗集《生石花开》，希望我能为其写一篇序文。旭旺主编是我多年诗友，他退休后尽一己之力坚持把《大河》诗刊办了多年，刊物在诗坛广泛的影响，值得点赞。《大河》坚持出版，其中有个重要的因素就是扶植作者，许多作者从《大河》走向诗坛，功不可没。《大河》签约诗人张绪康，从军营走到地方，从事国际物流行业。作为一个有自己事业的诗人，他多年坚持写作，取得了值得赞赏的成果，可喜可贺。这本诗集的出版是诗人创作上的重要里程碑。这也是他的第二部诗集，这部作品共分五卷，细读这部作品，感受到一个诗人的心路历程，也可以将这部诗集视作诗人心灵瑜伽的写真纪录。

诗人张绪康是上世纪六十年代出生的农家子弟，也是从乡村进入城市的一代创业者。这代人有乡村生活的记忆，其情感方式与自然亲情密切相连。乡村是他们最初的生命根系，也是今天他们的心灵家园。中国诗坛乡土诗盛行多年，其社会大背景，就是一代中国人离乡背井进入了城市。在城市文明与乡土情怀的冲突中，诗歌记录了一代人的生命历程。因此，优秀的乡土诗承载了中国民族复兴大业的过程，是一部社会巨变中的心灵史。与流行的平庸的乡土诗不同，张绪康的乡土诗，不仅写留恋写山乡美景，还写出更有个性的诗篇。在这些诗作中，故乡是精神的图腾，心灵的家园，更是变得陌生的远方，无法回去的苦恋寻根之地：“故乡在哪里/一堆的叹词也无法找到/黄昏的天空/化妆成艺术造型的镜子/落进山里/故乡已老/老得让我无法看清你的眼睛/翻越千山万水的沟壑/也没有认出来/儿时那么多的事物/老的老，死的死/坐在老石凳上长大的小妹已经长成了/耄耋老人的模样/村口玩耍的孩童一个都不认识/我的一块菜园地，长满了别人的杨树/从北方来栖身的大雁/跋涉在暮色中/我世间颠沛流离的一生/如一只惨叫的孤雁/找不到回家的路/心中剩下仅有的一丝渴望/ 仍在异乡蔓延”。这首《寻找故乡》真实生动地写出了现实与想象的冲突，写出了故乡的巨变，“我的一块菜园地，长满别人的杨树”这个意象，是对图腾故乡真实的再发现，在发现故乡蜕变为远方的同时，也是对自我的发现，发现自我在现代都市中的孤雁状态。正因为有这样的作品，故乡在诗人笔下，不只是美好的心灵图腾，更是时代渐行渐远的远方。敏锐的发现，让张绪康笔下的乡土诗歌站到了时代的高位上，有了其与众不同的价值。

在今天，诗歌写作因为传播方式的变化，似乎不再是精英们的事情，成为大众的传情达意手段。但是真正值得肯定的好作品，依然需要诗人的才华和天赋。读张绪康的诗歌，常有让我意外惊喜的地方，如诗作《在黑夜里，我看见自己》就值得细读：“漆黑的夜，隐藏着樱桃红。小偷/和一只猫/便有了偷盗的机会//即将黎明/小草、野花、墙头上的丝瓜/等着太阳照在脸上//山沟沟里的村庄，和爱情一样隐蔽/总是那么静寂/五脏六腑，气息是那么清晰//低矮的茅草房里/一丝摇曳的灯光射出窗外/秘密的消息，泻入一波又一波的/山风里//黑夜中，我看见了自己/被绑架的村庄，无限的延伸/不知道带我走到何地//我心跳加速，肌肉紧缩，被村庄/摇晃得有些头晕/黑与白都有了存在的意义//几声虫鸣，不安神的情绪渐趋稳定/鼾声压低了山坡/太阳出来时，我不知道……”这首诗共有七节，每一节都有一个鲜明的意象构成诗意的画面。这些画面互相叠印，在交错对此中，将诗人内心感受与外物形态之间建立了生命联系。那些真实而鲜活的细节让暧昧不清的内心得到了呈现，物我交融，其效果是将原本不可看到的的内心，袒露在读者面前。这首诗比那些声嘶力竭的内心表白之作，显出高明之处，这是诗人善于观察细节的才能与认真习练诗艺的结晶。在许多诗人的作品中，特别是写亲情的作品，虽用力不小，但成效甚微，原因就在虽有真情，但表达不能独辟蹊径，在艺术上就不可能产生冲击力。

在今天，写诗的人很多，写诗的人大多写过亲情诗，这类诗歌出自写作者的真情，但真正能打动读者，并能让人记住的却很少。因为这些情感，是每个人都经历过的，因为熟悉而自然而然地熟视无睹，这是我们常遇到的事情。诗人在处理这类题材时，容易产生创作冲动，但写作中往往却因为情感强烈，忘记了写作是一种创造性的工作。这里有两个美学问题，一是将熟悉的事物陌生化，减少读者阅读的审美疲惫，有新鲜的冲击力；二是将个人的情感与大众情感之间建立联系。在诗歌中抒发的是个人的情感，但这种个人感受必须能够与大众建立联系，得到呼应。张绪康的短诗《中秋想娘》，就将这种几乎人人皆有的情感，表达得非常独特，因此就会被读者理解和欣赏："一片叶子，依偎枝干之上/我依恋娘的怀抱//远方的拐杖声，正数着/今夜满天的星斗//此刻，月亮已经爬上树梢/我多想把它摘下来啊//挂在娘床前的窗棂上/陪娘一起过中秋/……"全诗八行分四节，由树叶与树枝起兴，由我及物；从拐杖声引出星斗，声画转换；从星空写月光，时空转换，又从遥远的星空回到母亲的身旁。整首诗短至八行，技艺高妙，不露痕迹，情感真挚，淡泊流畅。

张绪康是个有准备的诗人，他以诗为伴，使诗成为自己生活的一部分，在诗坛比较繁荣也比较浮躁的今天，他的写作不媚俗，不追风，读他的诗能够让我们感受到诗人内心的宁静淡泊与宽广。他的诗作《夕阳等在下山时》就是一首耐人品读的佳作："每到傍晚，夕阳总是坐在山顶上/看着脚下的村庄//等着耕田的牛儿往家走/听耕夫的鞭梢刺骨响//等到公鸡上了架/听狗儿不叫了//等二愣带着寡妇进了房/听二人鼾声起//等鸟儿飞进树林/听山泉叮咚叮咚作响//等蜻蜓落脚向日葵/

听见青蛙在歌唱//等人们和牛羊都进了村庄/听到大娘喊二娃回家//等山脚下河里的女人们洗完澡/看到茅草屋里的灯熄了//等月亮露出脸，夕阳才放心地下了山/此时，村庄一片寂静……”这首诗运用画面的力量透视诗人内心的风景，在这首诗中的叙事与小说类的叙事不同：诗的叙事是片断的而不是完整的，是随情感流动的而不是推进故事发展的，是向内让走近诗人内心的而不是向外跟随故事远行的。这里的一幅幅乡村画面，互相叠加，增强传递出一种安谧宁静的心境。诗人的创造性才华，最重要的是体现为诗人对语言的开发。一个词，一句话，一个意象，如果是独特的，那么就会像指纹，成为我们辨识诗人的路标。如他这首诗的题目《唯有诗不惧怕寒冷》就非常贴切又很独特。这是诗人对诗的发现，也是他的生命体验：“抖落一生的情怀/拥抱泥土/唯有诗不惧怕寒冷/行走在大雪纷飞的黑夜里/伴我度过/一个又一个的梦乡……”诗为心声，一首好诗就如诗人张绪康在《我的诗歌》中所说的，是天上的一颗星，是山涧一朵菊，成为这个美好世界的一部分。同时，诗为心桥，引领读者走向诗人的内心世界，让我们感受到诗是诗人生命的一部分，也是诗人的灵魂记事薄。

祝贺诗人张绪康又一部诗集的出版，愿诗人一生与诗为伴，写出更多更好的诗篇。

是为序。

2019年6月于北京

叶延滨，当代诗人、散文家、批评家。现任中国作家协会诗歌委员会主任。已出版作品集51部，以诗歌为主，兼及散文、杂文、小说、评论。曾先后任《星星》诗刊主编、《诗刊》主编，历任中国作家协会第六、七、八届全国委员会委员。

目　录

第二卷　亲情篇

第三卷　爱情篇

第四卷　思想篇

第五卷　自然篇

第一卷

故乡篇

我世间颠沛流离的一生

如一只惨叫的孤雁

找不到回家的路

心中剩下仅有的一丝渴望

仍在异乡蔓延

——《寻找故乡》

故乡

天空里，膨胀的心事火一样燃烧
炊烟飘着浓浓的乡愁
闻到了妈妈的味道
一大朵一大朵的白云
向天边飘移

山顶上，整个天空都在下沉，差一点
就能亲吻到枯黄的山坡，还有
枯萎的野菊花
云朵，风儿，雨水都可以触手可及
仿佛有了温度，有了表情

一缕晨曦，穿着鲜红的衣裙
拥着一弧彩虹，压低了地平线
从山顶走来，鸟儿扇动着
富足的双翅飞向远方

此时的故乡

显得更加广袤美丽

2018 年 1 月 30 日

寻找故乡

故乡在哪里
一堆的叹词也无法找到
黄昏的天空
化成艺术造型的镜子
落进山里
故乡已老
老得让我无法看清你的眼睛
翻越千山万水的沟壑
也没有认出来
儿时那么多的事物
老的老,死的死
坐在老石凳上长大的小妹已经长成了
耄耋老人的模样
村口玩耍的孩童一个都不认识
我的一块菜园地,长满了别人的杨树
从北方来栖身的大雁

跋涉在暮色中

我世间颠沛流离的一生

如一只惨叫的孤雁

找不到回家的路

心中剩下仅有的一丝渴望

仍在异乡蔓延

2019年3月13日

过年回家

岁月是河，年月是水
春节是岸
装满了妈妈的思念和牵挂

异乡的游子，无法停泊
泪流的双眸里
长满了妈妈的皱褶

家乡的年味，爬上了
一张还未出发的车票上，飘着
饺子的香味

一场大雪不约而来，列车的
笛声，从远方传来
妈妈早早地等在村口的雪地里

2019 年 1 月 7 日

见到雪花就想家

这样大朵大朵干净的雪花
只有家乡才有
见到雪花就看见了故乡

幻想着在家乡
有一座庄园
把所有的心事栽成树

让鸟语花香，在冬天的树林里
盖上一层厚厚的积雪
等候春暖花开

让奔跑的野兔
陪伴荒野虚无的村庄，寻觅
一颗游子的心

漫天飞舞的雪花，正与
一群盘旋在空中而无法降落的麻雀
飞向炊烟袅袅的屋顶

2019 年 1 月 14 日

盛满记忆的小河

小河围着村庄，缠绕了
多半个圈
潺潺流水，似
胸前挂着一根古老的项链
述说着儿时的故事

站在山岗俯视
小河哗哗，说着心酸往事
不变的容颜
像一张泛黄的照片
小河里阳光流淌
穿越两岸
架起一道美丽彩虹

每次回到家乡，总会
顺着小河边

寻找着童年留下的脚印
如同灵魂之外的颜色
连同青春期
都浸泡在河水里
破烂的书包
还在河岸杨树上迎风摇摆

回忆在奔跑，一波粼光袭来
藏在夕阳里的碎片
摇摇晃晃地坠落在小河里
凸出的鹅卵石上
来不及多看一眼
碎片就随着盛满记忆的小河
流向远方
一漾，一漾……

2019 年 1 月 27 日

不一样的月光

城里的月光
总是行走在高楼之上
江水之中
从不愿和我一起同行
也无法融入灯红酒绿的霓虹里
挣扎的人们
从不顾及，也无法顾及

故乡的月光可不一样
我走到哪里，它就跟我到哪里
一分一秒
也不愿离开我
不愿离开田间地头，房檐瓦片
和山坡上花儿亲吻
与河里的鱼儿拥抱

此刻，我凝视着窗外

一些往事

仿佛就挂在窗棂里

记忆的影片

一幕一幕地过

一帘幽梦在月光里，丰润阑珊

一场浩大的恋情

在不一样的月光里盛开

2018年8月23日

我的小院

篱下的花香，漫延平仄
溢出墙外
一阵一阵，一茬一茬
斟满茶盏

舌尖上发出的声音
柔嫩似水
透亮的双唇，承诺的眼睛
吟风成笛

缠缠的，淡淡的清香
拘谨的水井，抱着羞涩的月亮
与深夜小吟
风和月光漫步在庭前院后

茶色舒放的味道

纵然入韵

越过屋顶阵阵的稻花香

我的小院与秋天有约

2019 年 2 月 17 日

离不开的乡愁

在老家有我日夜思念牵挂的老娘
你若去了
请在村口驻足片刻
与老娘招招手
故乡,有我的小南山
你若去了
请去看看我的松树林

我会经常回来
看看娘,看看山上的松树
我不会带着城市的特产回来,因为
家乡有我一生都吃不够的
煎饼和地瓜
我不会开着汽车回来,因为
家里还有一辆一辈子都难以忘怀的
陪伴我度过少年时代的
老单车——

2018 年 4 月 28 日

鸟巢

在大门前，有一棵高大的白杨树
无法看清春夏秋冬的天空
也包括云朵
只有这个鸟巢，显得比天空还大
就像顶住天空的拳头
紧紧地高高举起
当冬天越来越深，天空变得越来越干净
离地面越来越近时，树上就来了喜鹊
总是叽叽喳喳地叫着早晨
一些枝丫中间，有些不知名的鸟儿
警惕地跳来跳去，转动着
光溜溜的眼睛，无疑
害怕顽皮的孩子们，手中的弹弓
在树下不断地
向它们来回瞄准

它们总是在轻声细语，也许是因为爱情

有的在打闹，有的在亲吻
有的正在扇动着翅膀，展示着
自己的美丽，有的
从南山上带来了精心挑选的干草，树枝
对比那些离开的鸟儿，它们或许
更热爱高度和刺激
寒风与饥饿
在我看来，空中的筑巢
如同往虚空的大海里撒入一粒沙子
在一些灵魂坠落时
另一些灵魂就会升起，就像人间的烟火
有时升起，有时飘渺
我不知道鸟巢，是否也是如此

2019 年 1 月 12 日

在黑夜里，我看见自己

漆黑的夜，隐藏着樱桃红。小偷
和一只猫
便有了偷盗的机会

即将黎明
小草、野花、墙头上的丝瓜
等着太阳照在脸上

山沟沟里的村庄，和爱情一样隐蔽
总是那么静寂
五脏六腑，气息是那么清晰

低矮的茅草房里
一丝摇曳的灯光射出窗外
秘密的消息，泄入一波又一波的
山风里

黑夜中，我看见了自己
被绑架的村庄，无限的延伸
不知道带我走到何地

我心跳加速，肌肉紧缩，被村庄
摇晃得有些头晕
黑与白都有了存在的意义

几声虫鸣，不安神的情绪渐趋稳定
鼾声压低了山坡
太阳出来时，我不知道

2019年1月6日

梦中的大海

我说过，今年夏天要去一个城市
去那里看大海

我会去看那里沙滩上，留下的
一串串脚印

我要去看一只海鸥，在浪尖上的
芭蕾

我要去看一只船儿，在大海里
越来越小，越来越远的背影

我要去亲眼看看礁石，把浪花
从手中洒向天空的样子

我一定还要找到，那只在浪涛里
在海水中苦苦挣扎的漂流瓶

此时，一排巨浪正向我涌来

远航的笛声，把我梦中的大海赶走

2018 年 6 月 4 日

门前的白杨树

有风和无风，它们的样子
都是差不多的
我更喜欢
有风的时候
它们都非常有礼貌地向着对方微笑

一片叶子
握着另一片叶子的手
一群叶子
抱着另一群叶子的腰
有时，一片叶子和另一片叶子
偷偷说着悄悄话
而另一群叶子吹起口哨
惹来了不知名的
鸟儿闯进怀抱

翠绿挺拔的白杨树
门前的天空
都在它的绿色包围之下
包括屋顶的瓦片
乘凉的老人，玩耍的孩子
安静地看着
蚂蚁爬树，听着鸟儿唱歌

风儿掠过，没有一点点炎夏的倦意
也没有汗水流出的感觉
沙沙作响的声音
匍匐着的阳光，被
细心的白杨
收藏在繁茂的绿叶里

2018年1月21日

彼此

旷野，那么宽恕
来的来，去的去，一波一波的
雪来了，春就来了
村庄就空了

奔波，晃荡的人群，寻找着
各自的梦想
时间的光芒，慢慢的，慢慢的
忘记了来时的路

远景游离，依然空旷寥荒
家乡的炊烟，路过
城市的楼顶
如一只麻雀一闪而过

从天空坠落的消息，碎成了

孤独。祈祷的香火

在异乡蔓延

回不去的故乡，幻想着彼此

2019 年 2 月 19 日

酒

捧着日月，隐居山林
喊出疼痛，喝干长江黄河

灌醉故乡，问远方何处
夜晚是曲，月色忧思

几声呓语，在梦里醒来
拥抱多情与温柔，把爱人当杯

流年似水，以磅礴之爱恋
将自己灌倒，背我还乡

夜风荡涤，替日月拨弦
怀揣豆蔻，星空灿烂

内心以排山倒海之曲水流觞
爱，成了辽阔荒野

砸碎飞花与烟尘

踩进泥土，钻进密林

夕阳摁下水色，仰望

山顶月亮，手中的酒壶摔落山下

2019 年 2 月 2 日

眺望

孤独也在虚度自己
与人世的眼泪一样，苍茫，徘徊

无声无息的四季，疲惫的身躯
喊着土地的乳名，念经祈祷

所有的空谷，有了回声
走上一条随时雪崩的路，随时随地

山下一抹佛风，心颤如经幡
虽然已来到山口，却无法挽留辞呈

滑落的泪水淹没了一道深深的河床
飘摆的裙裾，留下一抹风尘

看明月，与满城喧闹的灯火
染了满地春色，爱得有些不知所措

生命和灵魂，风与尘

其实，是在不一样地活着

2019年2月3日

心在暖冬复活

旧日的时光，找不到记忆的脚印
月亮也看不见雪的影子
思绪与雪花一样飘零
大雪封了村庄的来路

栖息于雪下的小麦
咀嚼着雪的骨骼
吮吸着大地的血液
骨裂疼痛的呐喊
我的心随之死亡

一盏孤灯残影，从窗里走到山野
守在我必经之路上
漫长的冬天，躲在黑夜的尽头
黑得像一团明亮的火
闪烁着温暖的诱惑

让四十载的过往叠藏，冰封

在时间的角落里

细数着暖冬的日子

山坡上的枯草

如同我心底的寂寞和孤独

在暖冬里复活

2019年1月18日

我总想说故乡

一直穿梭在高楼大厦之间
无力抬头抵抗
有恐高的我,哪怕向上仰望一眼
就会天塌地陷
如漂流在海上的一叶小舟
枯竭的黑夜
在双眸里昏厥无吟

此时,大脑细胞分泌出的思念
溢出家乡的味道
佝偻的背影,保持着妈妈的温度
无人问津的霓虹
闪烁着孤独,内心
从来没有留恋过车水马龙的样子
我只在乎门前的小南山
围着小河旋转
牵着日月奔跑吟唱

儿时的笑声在树林中来回地穿梭
漫山遍野的花朵
正举起高高的头颅,在风中摇曳
那一定是故乡
对我归来前的期待……

2019 年 5 月 23 日

晚霞

夕阳延绵浩大，烟火唱晚
归处此起彼伏
仿佛捧出一条美人鱼的身体
滚烫的心
藏不住暮色

风是那么优雅
轻盈薄凉，景象广袤
把红尘带入大海
苍翠山峦，如同人世
疯长的爱

晚霞眯起灿烂的小眼睛
从眼缝里撒出情网
荡漾在海平面上，一波又一波
粼光弹成了美妙的琴声
若浪花一朵朵

潺潺的暗流，内心顿悟

鸟儿归巢，渔船落帆

海水藏着余晖

夕阳的影子，内心开始激荡

等待红日擎起火把

2019 年 4 月 18 日

农民工新传

背着日月，枕着砖头
抱着无奈的土地堆砌高楼
平庸卑微
黝黑的脸上布满了风霜雪雨

盼着雪花飘落时
摇晃着钢筋指向北方
粗壮有力的双手，在寒风中
数着闪闪发光的星子

月光的碎银
夹着汗水的晶莹剔透
散落一地
妻儿老小的喊声，掠过风尘

漫漫的长夜

以梦为渡，飞往家乡的屋顶

盘旋在山谷旷野

点亮茅屋唯一的窗棂

2019 年 4 月 8 日

井

辘轳与你生活了
一辈子
最后，你连
一口水
也不给它留下来

你死后，辘轳
仍然
还站在你的身边
看护着你
——不离不弃

2019 年 4 月 19 日

门前的小河

四十载的光景，未能改变
小河的模样
两岸的草，两岸的树
延绵不断的流水
比一夜的梦还长

我绕着小河转了一圈又一圈
白色的漩涡中
写满人生的喜怒哀乐
泛起的浪花
染白了妈妈的黑发

每一串水花都是熟悉的乡音
两岸丢失的记忆
许多声音还在耳畔，许多人已经不在
只有我的母亲
像那棵孤零零的白杨

依旧屹立在河畔

袅袅升起的烟火，燃烧着
一年又一年的光阴
我的内心深处，藏着
一场场甘霖，与门前的河水一样
一直向东流淌着……

2019 年 7 月 27 日

漫漫回家路（组诗）

一

日子，像条私奔的河流
飞舞的雪，衔着新春的气息走来
漫漫回家的路
与落叶草木匍匐，就像
捧着香火跪拜的信徒

清风，吹去往事
尘埃掉进流年的暗夜
翻山越岭
一重山一重水
拥着天空的云朵
一大颗泪珠砸了下来

岁月中的我呀
数不清
双鬓频添的白发，总是两手空空

幸有几句诗文
慰藉时光流亡之疼痛

奔驰的列车，甩下
一串串笛鸣，穿过
一道道隧洞，细数着车窗外的时光
妈妈一声声呼唤，穿透了
我心中的时空
丈量着回家的路

二

模样依旧的小草，仍在
山坡上晃悠着
父亲的老房子，与门口的
大杨树相互依偎
苍老的枝干，凝视着远方
娘坐在门前的石凳上
用拐杖
在地上数着日子

春夏秋冬，时光如水
娘孤独的背影，被夕阳拉得很长
猫咪在一旁打着瞌睡
发光的石凳

说出娘心中的思念
月光轻轻地抚摸着她的脸颊
拉着她的双手
告诉娘该休息了

炊烟升腾，带着
远方的思念和牵挂翻山越岭
散发出层层氤氲
小南山上的桃子已经压弯了枝头
风中摇曳的杏香
飘满山野
山坡上羊群跑成了云朵
美景溢满村庄

离别四十载
熟悉而又陌生的这块热土
还是那么的亲切温暖
村庄与我一样地成长，家家户户
新楼拔地而起
我多么渴望再回到娘的身边
和娘一起唠叨
——今天和明天

2019 年 1 月 29 日

村庄（组诗）

一

漂泊四十载，太久
每到年关，家乡的炊烟，就会飘到
城市的上空，就慌乱了
我的思绪

远远看去
高高的灯笼，染红了村庄

二

刚到村口
大娘就迎面跑来，急忙告诉我
妈妈已经包好了饺子
快点回家吧

一只喜鹊

站在高高的杨树上，念着欢迎词

三

回到家乡，我最喜欢遇见一场大雪
看着一群麻雀
不慌不忙地
钻进预先设好的陷阱里

一拉机关
一只庞大的笼子捉了个正着

四

绕村庄步行一周，寻找记忆的碎片
一群陌生的面孔，议论着
村庄的韵事，微笑里
给了我一个不一样的眼神

白发和皱纹
已经与我的村庄格格不入

2019 年 1 月 31 日

回乡(组诗)

一

每时每刻
每一条河流,都在寻找着
回家的路
我也不例外

南方人和南方的酒一样
凉薄无味
南方的月光和我
同样暗淡

只有回到家乡
太阳和月亮和我一样
走路的方式
都不一样

只有在家乡
小草和花儿，哪怕
在蜿蜒的山路和田埂上
也会微笑

酸楚的泪滴
在夏日的蝉鸣中闪烁
苦苦寻觅的诗行
在乡愁里谱写篇章

二

每一次回到横山村
我都会在村口的大树下坐上一会儿

旁边的杨树林里
总是隐隐约约地传来童年的笑声
时不时地响起母亲喊我回家吃饭的声音
乳名在风中荡漾
一草一木都在向我招手致意
杨树上的喜鹊
叫来了迎接我的乡亲

2018 年 6 月 14 日

这一辈子（组诗）

一

如云烟，如落叶
空荡虚浮
一生的光景，放牧春夏秋冬
留下孤鸿啼鸣

枯叶知深秋
清冷。化秋霜
炊烟回旋，染白双鬓
痛疼淹没双目

撕碎人间苦难
在饥饿的记忆唱响赞歌
浊酒喝醉岁月
阳光普照着流年

阡陌往返

熬煮苦涩的日子

夕阳的余晖

流淌在云烟和落叶之上

二

日子如梦

月光的辽阔，足够让

一夜的影子

梦醒

瞬间有了痕迹

一生的坎坷亲历

哭与笑

衰和贫

刻骨铭心在生命里

跌宕起伏

草根，无法

长进钢筋水泥之中

泪水，深深地

潜伏在酒盅里，等待

黎明前的黑暗

大海的激情

汹涌澎拜

呐喊苦难挣扎跋涉的尘世

这一辈子

真想像浪花一样自由

2019 年 2 月 26 日

想家(组诗)

一

就是春风
把我从梦中叫醒的

时间一寸一寸爬上了脸颊
时不可待
北上的列车
还是比春天慢了一点
我的身体里;一半是冬,一半是春

雪,还在下着……

二

云朵在蓝天游离
大地渴望雨水
游子在异乡想念妈妈

两条铁轨

驮着两行思念的泪水

去寻找

遗失的故乡

2018 年 8 月 30 日

第二卷

亲情篇

一粒石子

一个疤痕

一生记忆

是我深藏的一片海

是我前行的风向标

——《一粒石子》

还给我

——读严力老师《还给我》有感

还给我
请还给我额头上那深深的唇吻
哪怕被岁月已经磨平也请还给我
还给我
请还给我那条洁白的围巾
哪怕已经被虫蛀成网，也请把剩余的还给我
请还给我扉页上留下你名字的那本书
哪怕已经泛黄被遗忘在角落
也请把印在书上的指纹还给我
请还给我在静安立交桥上交换的礼物
哪怕坏了也要还给我
请还给我爱的誓言
哪怕已经被你污染了
也请把承诺的权利还给我
请还给我一个世界

哪怕已经被你分成两半

也请你还给我

还给我

属于我的那一半

2019 年 1 月 20 日

云彩

风,永远是云彩的长腿
行走在天地之间
倔强地
有时高,有时低
就像个孩子
更像一个会哭的小女孩
捂着脸哭一会
又睁开眼睛笑一会
无目的地
跑来跑去,跑着
跑着
就变了模样,跑着
跑着
就不见了

2019 年 1 月 8 日

礁石

在诗歌、散文、小说里
大海的赞美颇多
却唯独忘记了你

如果没有你，哪有大海的浪花
撒娇的泪水湿透你的衣襟
傲慢地扑进你的怀抱

如果没有你，哪有大海的波涛回荡
依偎在你的臂弯里，享受
母亲般的温暖

一浪一浪无休止地打在你的身上
像刀割一样疼痛
把你的躯体刻满了伤痕

无论风浪多么汹涌

你仍旧坚贞不屈，永远向着大海微笑

向着太阳问候

朝阳把你写在晨光里

夕阳把你描摹在晚霞中

2017 年 7 月 18 日

母爱

初冬，月亮还没有离开
星星稀疏
布谷的鸣叫
撕开山谷的黎明

天空里只有布谷
向远方飞去，山坳里的
一棵大树上
孩子们张着小嘴伸长脖子，等候着
妈妈的美味

父亲像一名威武的卫士
守护在孩子们的身边，雷达般的眼睛
扫视着一切来犯之敌
哪怕是风吹草动

一个优美的俯冲，妈妈像战斗机一样

降落在孩子们的面前

迫不及待地把美食喂完,又

迎着寒风

向着远方飞去

2017 年 5 月 14 日

灵隐辞

我走时,正是午时
雨水和汗水
湿透了灵隐
涌入
潺潺的溪水中

似乎千年的寺庙
显灵
一声长长的钟鸣
惜别
远行的人

2018 年 7 月 8 日

一分菜园地

养育着一代又一代
守着子孙
说着四季，种下慈悲
一分菜园地
足够秋香依然

喂养一切众生
在天地之间，满载光芒
匍匐草木
颤栗的身影，抖落
一地的晚霞

山间的阴阳，驱赶
吞噬着
病痛和罪恶
满山遍野的花朵，怎能媲美
一分菜园地的风光

至今,一头牛

一把犁

一根鞭子,夹着号子声

重复着

一分菜园地的轮回

2019 年 2 月 15 日

蚂蚁都知道

乌云漫天
蚂蚁们忙着搬家
走在最前面的
是跟在后面一大群小蚂蚁的父王

它摇晃着虚弱的身躯
看样子病得厉害
把家当放在一边，招呼着儿女们
大声疾呼，快点快点
大雨就要来了

它喘着粗气守候在门外
一个一个清点着
看着孩子们都进了家门
长叹了一口气
父王的脸上露出了笑容

刹那间,雷鸣电闪大雨倾盆

父王再也无力走进家门

蚂蚁们望着,雨中挣扎的父王

哭成一团

2017 年 4 月 12 日

我的诗歌

我的诗歌，就像
天上的星星，一点一点，布满天空
闪烁着小小的眼睛
照亮银河

我的诗歌，如同
山涧的野菊，一朵一朵，长满山谷
遍地的野花，吐出淡淡的芬芳
勾引着春天的气息

我的诗歌，宛如
路边的无名小花，随着春露滋润
悄悄地在大地上、寂寞的人间
发芽开花结果

2018 年 1 月 17 日

一粒石子

那年，离开家时的一个跪拜
至今珍藏在心底
任岁月腐蚀
磕进额头里的一粒石子
记忆的疤痕
与我一起成长

花开月圆，年复一年
额头上的石子
慰藉生命与灵魂
父亲一句“死都不能回来”的嘱托
一直流淌在我血液里
是我生命的警钟
也是我做人行事的座右铭

我时常在梦里
看见父亲粗壮而又温柔的双手

轻轻地擦拭着我的额头
紧紧地把我搂在怀里，试图
用自己的体温融化我额头上的那粒石子
可怜的父亲
反复不停地搓揉着

一粒石子
一个疤痕
一生记忆
是我深藏的一片海
是我前行的风向标

2018 年 11 月 27 日

活着的日子

游东飞西，走南闯北
天地倒置
石头怀孕蚯蚓长刺
朽木流血公鸡下蛋
嫩芽长出长剑
这尘世
无奇不有，无奇不生

桃树上，一朵花瓣拽着
即将离开的春风
等待蜜蜂的爱恋
多情善感的雨丝，轻轻地
缝补着干裂的嘴唇
渴望的双眼
在奔忙的路上，遇见了诗歌
就像遇见了爱情
如痴如醉

抱着月亮睡在河里
一排排诗行站成了树林
狗儿在岸边喊叫
太阳把它赶回家去

活着的日子，像流星一样闪过
在我半生山水里
风尘仆仆地，掀开了
余生的扉页

2018年12月18日

听海

我走在沙滩上
看海浪漫卷
沙滩上的红裙子旋出
一道道彩虹
一粒粒沙子被浪花拉进海水中
那些遮阳伞
是海边特有的风景

西去的太阳漫步在海平面上
我坐在岩石上听海
一望无际的海面，没有了
炎热的束缚
深夜的海是寂静的，只听见浪涛
时而低沉哀嚎
时而激情澎拜
时而情意绵绵
时而和礁石窃窃私语

月亮在海面上举成唯一的灯盏
给远航的船只引领航向
也引领着我
进入一个又一个梦乡

海鸥的叫声，窗外的蝉鸣
把我从梦中惊醒
快步奔向海边，吮吸海风的味道
晨曦中的波浪
温馨浪漫，如情人倾诉
湿润着柔软的沙滩，又看见
红彤彤的太阳
从东方返回，被礁石举起
很高……很高……

2017年7月28日

黄浦江

天空和大海，也多余
只有
弯弯的多情善感的一江流水
演绎着上海滩
过去与未来

关上门窗，闭上眼睛
聆听翻滚的江水
舞曲与狼烟
泪水与笑声
从浪花里钻出来，若隐若现

大桥飞架东西与南北
蚯蚓般穿梭江面
两岸的高楼大厦，恒心未变
黄埔江，一腔热血
日夜向东流

2018年10月31日

游白园

中秋的风，浅凉
竹叶摇摆在枝上，倒影
在白池中，涟漪微笑
乐天门外竹林清秀，白莲飘香
和着流水潺潺
伴着诗声朗朗

“青谷里”一条飞泻的瀑布，唱着
长恨歌，琵琶行
拾阶而上
沉重的墓碑，举起高高的山峰
向前来跪拜的
后人诉说

小鸟唱着山歌，凝望
夕阳从树林缝里钻进来，照在
风化腐朽的廊墙碑上

模糊不清的字里行间

不知道还有多少

不为人知的传奇故事

2018 年 9 月 10 日

心

你是一条河流
自由，清纯，蜿蜒
劈荆穿石成溪
环绕山间

你是春色繁花，陪伴
暗香岁月
于夏花欢聚，秋虫和曲
冬雪飘洒
拥吻一生纯美

我知道，你终有一天
耗尽最后一滴血
入眠天堂
像大海一样，完成最后的
潮起潮落

你啊！坦然如一朵浪花

与波涛自由奔腾

2019 年 3 月 19 日

我的母亲

只有一根拐杖，还有
一只大狸猫
母亲就能安心地坐在
屋檐下
望着村外的路口
——似乎等待着什么

初夏的气息，弥漫在杨树下
几只麻雀毫不在意
与树梢上的一只喜鹊闹着情绪
叽叽喳喳的碎语
落满一地
母亲正打着瞌睡
露珠从草叶上醒来
想赶在日出之前擦干泪滴

走进小院的时光，熬白了

母亲的青丝

掠过夏天的波澜，掏空

黑夜的星辰

一缕灯火，跳出窗外

摇摇晃晃的身影，拉得越来越长

2019 年 5 月 12 日

母亲节

故乡，崎岖蜿蜒的山路
多像一条母亲的脐带，盘踞在山间
时隐时现的云层
高低不平的皱痕，如同
妈妈脸上的波浪，再也无法平复

我矗立在城市的钢筋水泥之中
凝望远方
回不去的故乡
一轮黄昏的夕阳
无力改变大海的欲望
一尊礁石伫立在海面上，好似
妈妈的脊背
海水来回地侵袭着

老房子低头不语，始终没有离开半步
门口的老杨树

吹着口哨

似乎在喊着我的名字

一阵风儿吹来,院子里

一架葡萄瑟瑟颤抖,心酸的眼泪

诉说着

妈妈的衷肠

2019年5月12日

跟着妈妈学种菜

几根朽木筑成的篱墙，几朵野花
还在四处张望，身上
已经落满一层薄薄的白霜

妈妈的菜园地里，可谓品种繁多
韭菜，秋米豆，旱藕，土豆，秋葵
……

时下，杨树落着叶子
疯长的蔓藤，停止了在篱笆墙上
缠绕的蠕动

妈妈指点着江山：把菜地翻了一个身
犁沟，撒种，覆盖，浇水

一阵秋风拂过，一缕白发

在妈妈的脸上飘荡

此时，我止不住的泪水湿透了菜地

2018 年 10 月 29 日

八十七载光景

——悼念姨娘

活着的、死了的都过着
同样的光阴
一天一夜的复始，就成了
一天一天的日子
日子的一昼一夜，就成了
时间的一天一天

八十七载的一年一年
用了三天的时间
结束了八十七年的一天一天
攒了一辈子的光景
三天三夜的泪水
淹没了八十七年苦难干涸的河流

一声长号，惊醒天空的云朵
撒下遍地白花

覆盖了坟冢

响彻山谷云霄的哭声

与一片待放的梨花

带着六双儿女的思念和牵挂

迎来又一个春天

2019 年 2 月 27 日

寄思父亲

清明与春天一样厚重
大地五颜六色
梨花像雪花一样，洒满了
绿色的山坡
染白了父亲的坟冢

跪拜在父亲的墓前
点一炷清香，烧一叠纸钱
泪水，湿透了
父亲的坟头
飘往天空的纸钱，在打听着
天堂的消息

2018 年 4 月 4 日

清明祭

一行行踏青的脚印，走在抗日山的台阶上
草坪上，小路上，春风里

青柏，迎春花，梨花，还有忙碌的蜜蜂
熙熙攘攘的人群，在雨中喧闹着

只有
高耸云端的英雄烈士纪念碑
默默地，矗立在山顶的中央

还有，在雨中列队的解放军官兵，静静地
站立在纪念碑前，敬礼！默哀！
给烈士们的灵魂带来抚慰

这时，我也是安静的，凝视着
纪念碑上的
五星红旗迎风飘扬

2018年4月5日

父亲的眼睛

我穿上军装离开家的那天
锣鼓声,欢笑声一片
唯有父亲
一直低着头
蹲在门口的小桥上抽着香烟
第一次
我看见了父亲流泪的眼睛

其实,在人群中
送行的人们都在流泪
和父亲不同的是
他们都是站着,在行走中流泪
越过门口的小河
我再也看不见父亲的眼睛
只看见
小河的水越流越快

那些充满渴望的眼睛
在向我挥手告别
父亲还是蹲在那儿
一动不动
我不知道再见到父亲时
还需要多长的时间

我无法再顾及他了
我只能在远处再多看他一眼
只好擦干泪水
再仔细看他一眼
我的父亲
——比泪水更苦难的都藏在
父亲的眼睛里

2019 年 5 月 28 日

又见石磨

在沂蒙山，偶遇一盘老石磨
瞬间吸引住我的眼球，也转动了
我回忆的闸门

眼前，妈妈推转着石磨
我跟在后面走着(那年我六岁)
父亲蹲在旁边不停地咳嗽(父亲有哮喘病，
不能干活)
这一切，似乎就在昨天

石磨，吱嘎吱嘎的呻吟声
在我耳边响起
磨出的心酸，从我的眼睛里流出来
(父亲，如果你有灵就再咳嗽一声吧，
已经很久很久没有听到了)

人间是多么的善良美好，石磨仍然

还在世上

安静地想象……

2018 年 7 月 13 日

送汤

一群人，排着队，有的哭，有的笑
一壶水成了一壶汤

披麻戴孝，跟着
跟着一壶汤水，来回地走着

跪拜，从灵棚跪到土庙子
庙子里的草
被送汤的人跪死在地上，一壶汤水
淹没了
烧着的纸钱

天亮后，南山上，多了一堆新土
一夜的眼泪流干

明年的清明，一地的汤水
长出一树树梨花，落满坟头

2018 年 12 月 28 日

饺子

再往炉火里添一把木炭
锅里绽放一池的春色
一年的心事，翻滚着
忧伤和喜悦

笑容，在妈妈的脸颊上溢出
寒冷，在滚烫的锅里消失
咬一口暖心的饺子
咽下期盼和感恩

2018年2月17日

又想父亲

今天，我要告诉您一个好消息
我学会了写诗
给您写一首诗吧
写一首澎湃激昂的诗

其实，这首诗就像您
更像您的脾气
暴跳如雷的
无法安抚的
就是那年秋天，天空乌云哽咽
大雨倾盆
您决然地离开
却忘记带走牵挂

更多的是放弃了自己的梦想
松开了倔强的双手
把一堆的无奈，还有

没做完的事情，遗忘在门口的小河边
没有输完的药水，还在不停地滴着
如同我的泪水
湿透了您的坟头

无限的思念，换来了
梨花开放
满山遍野燃烧的花瓣，洒落一地相思
跪拜，天地倾斜
孤独的云朵
是否您放牧的羊群
酒盅里，我看见了
您的背影
父亲——您还好吗？

2019年1月13日

牵挂

喧嚣的尘世
寻觅
别恋远山的天涯
泪湿秋水

月色扶风,凄婉
仿佛烟云苍茫
悲凉冰结
如何让自己梦回往昔

情歌唱哭星月
绽放忧伤的花朵
爱的呢喃
连着一抹炊烟的誓言

思念与恨,一起撕扯

秋风哽咽，抚摸着双鬓
氤氲着
一生断肠的牵挂

2019 年 3 月 18 日

中秋想娘

一片叶子，依偎枝干之上
我依恋娘的怀抱

远方的拐杖声，正数着
今夜满天的星斗

此刻，月亮已经爬上树梢
我多想把它摘下来啊

挂在娘床前的窗棂上
陪娘一起过中秋

2018 年 9 月 24 日

人到中年

青春，是岁月啃过的骨头
遍体鳞伤的疼痛
滋味，只有自己感知

生命的火焰，像
一团蒸气
一朵云花
转眼之间就不见了，留下
一道道沟壑
脚印的痕迹，越来越模糊

挂在日子里的泪水
一次一次想拽住落山的夕阳
黄昏里的炊烟
飘渺荒芜的蹉跎流年，怎就
无法落地生根

渐渐腐朽萎缩，挣扎的肌体
正在一丝一丝
一层一层地消失

2018 年 9 月 4 日

父亲节（组诗）

一

横山村里，那片幽静的山坡
是你的家园

农历的五月
小草在你的坟冢上，一点点拔高

我是其中的一棵
你习惯性地把我举过高高的头顶

我的泪水，湿透你的坟头
长出思念的艾草，开满了遍地黄花

二

云儿，我想问你
你去过天堂吗

云儿,我想托你

把思念带给天堂的父亲

云儿,如果你见到了父亲

你就落下泪滴

云儿,我相信今天的雨

一定是你把思念和牵挂捎给了父亲

三

妈妈,我敢肯定

你今天比任何人都想念父亲

你的眼睛已告诉我

在我儿时的记忆中

你的两条大辫子,是父亲的最爱

如今,你脸上深深的皱纹里

藏着父亲的唇印

你眼角的泪花

是父亲额头上的汗水

屋檐下的草帽

是你梦中的牵挂

是你心中的太阳，思念的月亮

妈妈呀，我在你的脸上

看见了父亲

2018 年 6 月 17 日

盼（组诗）

一

一滴泪水
砸破地壳
钻入土壤的血液里
一定是孕育着
灵魂

前行的方向
除了道路，还有内心
潜伏在地下的泪水，已经变成
血的洪流，在心尖上
长出春天

让生命在内心行走
越走越厚重

二

夜是黑的，漆黑

星星可以作证

一只鸟儿飞向黑暗

撞碎云朵，月儿露出半个脸蛋

星星眨着眼睛

黑暗，孤独，鸟儿惊恐

一间茅屋里，牵牛花正在油灯下

等着牛郎归来

2018 年 7 月 28 日

清明（组诗）

一

万物生灵
奔跑于天地之间
山坡上的坟冢
在一缕缕青烟里，救赎
春天的柔情

满山遍野的梨花
飘飘悠悠
追逐着河面上的炊烟
寻着自已的亲人
清风为歌
唱响人间四月天

抵达的云朵，不知所措
被夕阳拉进夜里

发芽开花
独在月光下呻吟
疾风骤雨灌醉春意

风儿的意念与幻想
放出江湖马匹
追逐魂灵。在人间
与爱和恨点燃一切的疼痛
迎来时雨纷纷

二

风儿合声呻吟
一朵朵花儿绽放哀思
烟尘化为雨水，飘飘落落
轻叩着内心疼痛

诗句与记忆
正在一缕缕青烟中磕拜
风声和哭声
肝肠寸断，梨花染白了山坡

雨水滂沱，返青的小草
泪流满面心已碎

一世尘土飞扬

一片浮云虚无缥缈

悲伤时现故人旧梦

香火浊酒

思念如雨

醉了天空,湿透了坟冢

2019 年 4 月 5 日

天山行(组诗)

一　在天山上

捧一把白雪
种一棵布补丁小花
取一块陨石
坐在
山顶之上,吻着
唇边
月亮的脸

那一缕月光
在离你最近的地方
长满脚印
化成春天里一排排白杨
取一片绿叶
插在
白云之上

二　天山的雨

一夜淅沥的小雨，温润了
疲惫的身躯
偶尔的雷声，仿佛
春天还藏在草原的绿色里
毡房的呻吟
被冰冷的风割出伤口
流出雪白的鲜血

蜿蜒的独库公路，无处藏身
左右摇摆的毡房
吹着风的口哨
温柔细细的雨丝，漂泊到
草原上，满地的水珠
在酒盅里
摇成了一朵美丽的相思雪莲

站在毡房的小小窗棂前
望着朦胧的细雨
疑视着远方的雪山
聆听孤影的忧伤
在绵延悠长的天山河流深处徘徊

耐心等待着
与落下的雨水会合

毡房摇曳的烛光,点缀着
轻轻升起的袅袅炊烟
在雪山和草原之间相遇,染红了
妩媚的夕阳
随风飘起的长发,在温柔的
细雨中绵绵情长,悠扬的马头琴声
从毡房中飞出
久久地
回荡在草原的天空中

三　天山的云

盘踞天际
浮卧于天山之上
洁白的
与雪为一体
两手清风的天空
无力抱起山脉
索性
把自己献给草原

天山脚下的河流

淌得湍急

亿万年不死的石头

在水中荡漾，不知疲倦地

立在水中

时不时地探出头来

听

流水的心声

山巅之上的云朵

变幻多端

由薄变厚

由团变花

由哭变笑

一片由白变黑的云呼啸而过

在山谷中旋转

把一肚子苦水一泻而下

——霎那间

天山的云

哭成蓝色的海

四　天山的雪

站在天山第一冰川

雪,早就没有了温度
蓝色的天空把雪压得很低
低得喘不过气来
如同塌方的堰塞湖,顺着山涧
向低谷移动

我喜欢雪
喜欢雪的洁白无瑕
喜欢雪的潇洒飘逸
喜欢雪花的开放自由
冷漠的天山,因雪而美丽动人
温暖无比

被雪覆盖的天山,阳光成了摆设
高出雪面的岩石,喘着粗气
时不时地探出头来
向过往的客人招手致意
随风飘动的裙裾
与雪的世界述说着不同的风景

我把相机架得更高
不想忽视每一粒雪花
每一个山谷

难以表达的高度

——此刻

千里之外，已立于足下

五　天山脚下

一大朵一大朵的云花

有时走有时停

有时抬头上看，有时低头下看

一丝光线，穿透了

它的微薄之躯

轻言细语

与风儿商量着去向

延绵不断的天山山脉

白雪皑皑

几声雄鹰的呐喊，撕开了

天空飘着白云

此时的雪山更加明亮

山脚下的

草原显得更加辽阔

沿着大峡谷的流水声

拾阶而上

远远望去
一条白线一泻而下
一片宽阔的水域映入眼帘
一眼见底
与草原绿色融为一体

仰卧在草原之上
聆听大地的心跳，也能
隐约听见雪山撕裂的呻吟声
马儿的嘶鸣
在大峡谷里来回穿梭
好似一条长龙
整个天山山脉都在蠕动

六　天路，把你温柔地摘下

登上天山之巅
当亲见厚厚的积雪时
心
像雪花一样在飞
心
像天山一样静
心
又像空旷的天空

无法自拔

手舞足蹈的身躯
只有矗立在皑皑白雪中的岩石
就像漫天的繁星
点缀在雪山冰川之中

此起彼伏的号子声
一直在雄伟壮丽的天山山脉中
回响不停
洁白的白云,在蜿蜒曲折的
山路上奔跑,仿佛
一位勒马奔驰的哈族汉子
扬起的鞭梢
把云朵划成了花朵
……

天路,把你温柔地摘下
再轻轻地,轻轻地
把你放进天山山脉——独库公路

七　天山的飘丝带——独库公路

我带着一首歌

带着一首诗

带着一个军礼，终于在六月的一天

去见你

看见你熟睡的样子

在天山之中连绵起伏蜿蜒多姿

舍不得叫醒你

清澈的雪水，沿着天山脚下流淌

辽阔的草原，奶茶里飘着骏马的嘶鸣

顺着独库公路，听着

惊天动地的号子声，逆流而上

独库公路，唱着

一首天山最美的情歌

为过往的人们，诉说着

过去和未来

我要给你敬一个军礼

让积雪融化

让你身边的森林带来家乡的风

唱响家乡的歌谣

两旁的石头上，山坡上

洒满英雄的眼泪

守望天山
——缓缓落下
已长成记忆的青苔

是的，我在想你，日日夜夜的思念
想你，以一条天路的姿态
想你，坦然，无私无畏
想你，雪下裸体的秀美
微笑和温暖
还有天山一样无边无际的胸怀

雪是你的女儿，暖冬覆盖的衣裳
洁白的云花，是你想家的眼泪
赶着火红的太阳走下山坡
嘹亮的歌声在山谷回荡
晚霞为你作证
雪山流水为你作赋

没有比你更真实更动人的故事
没有比你更温柔更粗犷的梦境
没有比你更宽阔更绿色的草原
没有比你更圣洁更纯白的雪山和白云
没有比你更鲜艳更轻盈的飘丝带

你啊！更是一面鲜红无比的旗帜
永远飘扬在天山之上
激励人们不断前行
——不忘初心，牢记使命

八　守望天山

一座巍峨壮丽的人民英雄纪念碑
耸立在天山脚下
直插云霄
此时的天山是多么的渺小
远远高于天山之巅
两手清风
抱紧天山山脉
融化的雪水在碑前潺潺流过

波澜起伏的山峦
静静地卧着
泪水淌成了河流
述说着168名英雄的革命烈士
凝视着
守望着天山

他们的名字，在墓碑上
闪闪发光
比天山上的雪，更美，更亮
为独库公路工程
献出生命的革命烈士
永垂不朽
——鞠躬，敬礼

2019年6月23日

距离(组诗)

一

你和我
故乡和异乡
就像眉眼之间
不远
也不近
却
难以相见

二

一浪高过一浪,寒风
吹响唢呐
不时地传来树干骨碎的声音
无法摆脱
肉体被撕裂的疼痛

一只猫头鹰

颤栗的羽毛无法闭合

裸露的身躯

被一阵旋风淹没

此时，我与鸟的距离

只是一层薄薄的透明玻璃

2018年7月24日

第三卷

爱情篇

溅起心中的遥想

无心织锦，漂泊的往事

月夜孤独，撩拨

一抹淡淡的忧伤

——《思念》

爱，在春天等你

你的面色忧郁，像退潮的沙滩
露出心中的暗礁
你把所有的苦难都放进心底
像浪花一样，报喜不报忧

你穿着朴素，生活简单
从不向别人索求
偶尔的一声口哨，吹出了
心里说不出的话语
在人面前还是笑容自如

你在黑夜里
独守空房
南飞的大雁，为秋风让出足够的天空
知情的秋风愿意和你一起
去寻找懂你的人

不远万里飘来的雪花

依偎在你的身边，轻轻地告诉你

翻过这座雪山，春天

就在前面等你——

2017 年 9 月 27 日

我来看你

冬日的旷野
与我的心一样荒芜
与一条河流一样冰封
放下未洗的衣服
放下心事
放下手中的牵绊
吻着房间还未散尽的气息
看着桌上的照片
说不出话来
此岸与彼岸
如同你和我交错而过
人世间
生活就是这么不可思议
我来了
你已经走了
无奈

只好把眼中的泪水

攥得紧紧的……

2019 年 1 月 30 日

西湖，在一场雪里辞别

不知走了多长时间，珠穆朗玛的
雪啊！这个时候
刚刚抵达
无心荡漾的湖水，还是热情地
敞开了温暖的怀抱

铺满雪花的湖面，一言不语
那一刻，如同夏天湖面上长出的荷叶
蛙跳和蝉鸣
不影响鱼儿对她的爱恋
此时，同样对雪花有着敬畏之心

一朵朵白云，无法带走天空的蓝
雪花在湖水中缠绵
荒芜的拥抱
被一条深藏在湖底的鱼，吞噬得
干干净净，却毫无感觉

2019年2月10日

蜻蜓

漂亮,美丽
一身透红,立在青青的草尖上
风儿来回吹动着
把草儿压低,又弹回来
三番五次的旋落
耐心倔强地停在那里

翅膀扇动的频率
仿佛与我的心跳同步
我一动不动
也不忍心惊动你的专注
破坏你的爱恋
这个季节我不再关心其他

在这个世界上
我不会再相信任何事物
甚至泪水的谎言

我只相信你
把地球上的阳光
全部扯下来，连你的口红
一起印在
莲花的蕊上

2018 年 2 月 3 日

梅的初恋是雪花

春光,轻轻打开花瓣
还没来得及说话
也无法预约
自然而然,在花落时重逢

雪柔情,梅思恋
一剪梅,一缕情
素雅清香
娇羞的嫣红,打开二月情怀

花枝随风娇瘦
倾斜轻逸,率真坦荡的个性
与雪花爱得死去活来
不肯分离

梅的暗香随寒风飞舞
初恋的雪花

以一只蝴蝶的姿态

轻吻

梅的双唇……

2019 年 3 月 16 日

致芦苇

说爱你，真有一点点
因为，你的倔强，你的坚守

你匍匐在水面上，熬过一冬的寒冷
卑微的忧伤，任西北风蚕蚀
根，深深地扎在水下
叶，相融在薄霭里
每阵凄风侵过，都会相互拥抱
簌簌的叹息声，没有人能听懂你的语言
被撕碎的身躯，如同
战场上冲锋陷阵的战士
昂起高高的头颅，冲向前方
向春天祈祷

桃花早早地在岸上等你
要亲口对你说，爱你不是一点点
而是一个春天

2018年4月7日

你的大辫子

你的一缕飘丝
撩起了一朵云花
镶在蓝天里

你的大眼睛
拴住了一束阳光
缠绕在我身上

你修长的柳腰
缀着一根大辫子
宛如一条蜿蜒流淌的小河

2017年5月4日

我不敢说爱你

没有一个人知道,今夜里会不会有雨来
上山的小路上
一场雨无力吞没一个深不可测的黑夜
一串无人知晓的脚印
在闪电里,漏出了
真实的肉体
站不住的血肉
在荒芜的人间颤栗

我不敢说爱你
亲爱的
因为,你和我
如同这雨和黑夜的相遇是一样的
……

只想告诉你,把我寄给你的照片烧毁
在这个血肉模糊的世界里

爱情最可怜

我只好告诉你

也只能告诉你,我不能爱你

2018 年 12 月 1 日

爱在飞翔

一颗闪亮的星星
吻出
宇宙一个大大的岩洞
张大嘴巴
轻轻地咀嚼

流淌的眼泪,一路呻吟
淹没森林,流向了
无边无际的草原
远处阳光闪烁,风
还在哭泣

起飞,张开双翅
不惧孤独
喜欢野狼化妖
蕴爱魔法天地覆翻
神魂颠倒

无休止地上下求索

爱在飞翔

举首相望,见山峰压顶

如一泻千里的山泉

奔腾不息

2019 年 3 月 3 日

梦

追逐着，夜
在月光里颤抖
一片叶子，化成路途
颠簸的梦
山与海
关押着风和浪
隔岸相望
走失的音符已无法寻找

雨的咒语
酒的愁，坍塌了梦幻
穿肠而过，仿若
那年荒野中丢失的爱情

梦乡里的孤独和悲伤
始终未弃
飘舞的雪花，和月光一起

漂白山岗的双鬓

此时,心已无法掩盖

黑暗的疼痛

一首诗与远方,被一朵云

撕开了梦中的夜色

2019 年 3 月 6 日

思念

溅起心中的遥想
无心织锦，漂泊的往事
月夜孤独，撩拨
一抹淡淡的忧伤

阳光流落，灵魂激昂
无数的花开，堆亮星辰
逃离那片
而又铭记一生的土地

春草秋花，与爱潜行
情不自禁的时光
温柔梦乡
如同山水也化成一轮落月

让思念融进生命
梦中的花朵，就是你

留下的暗恋倩影

与日月同辉，与我同思忆

2019年2月23日

同在一座城

此刻，我和你在同一座城，同守一个夜
甚至想同一件事
城里灯火闪烁
只有一颗星星，挂在窗口，细细地看着
屋里的人
孤独和寂寞交融

流浪的月亮在黑夜里，找不到回家的路
汹涌的天河，挡住了牛郎的去路
仰望天公，何时才能蹚过？
我大声呐喊
明天就是七夕日！

2018年8月18日

我在夜里把你当成月亮

我看见了你
在月光里
行走
时隐时现的白发，被
月光捻成了
一根长长的线
牵着月亮
行走在山坡上
我望着你，把你当成了月亮
急忙跑到山顶
想把你抱在怀里

2018 年 11 月 24 日

我喜欢你喝醉的样子

灯火阑珊，酒香逼人
几杯畅饮飘绕
我的喉咙里就长出一座火山
你像一只白天鹅
展翅高飞，翅膀下露出了
白嫩嫩的月光

一杯接一杯，你泛白的脸上
露出了月色
不敢正视的眼睛
我从酒杯里，偷偷地看着
你那贪婪的眼神

我喜欢你喝醉的样子
胆大妄为，热情奔放
无畏岁月沧桑
我喜欢和你一起喝酒

喜欢和你

一起端起千里月光

一饮而尽,不醉不还

2018 年 12 月 11 日

看到雪花就看见你

雪继续下着
鱼竿上,飘起一条鲈鱼,摇摆着尾巴
野菊的枯干,红豆的秸秆
无名的叶草
架起两块古老的礁石
火苗蔓延

那一夜,大雪包裹着小岛
行走在海面上
我捋着你及腰深的长发
拴着一丝月光
在鱼香的篝火中
拥抱,亲吻
将忧伤,苦难,恩怨
还有我和你
连同小岛一起,浸泡在冰冷的海水里
净身长出

一朵美丽的雪莲

我在漫天的雪花里，看见你
洁白如玉的肌肤
与月光拧成一座灯塔
奔腾的鲜血，海水一样澎湃
一轮明月悬挂在胸前，依偎在岩石上
静静地看护着
已经煮熟的风花雪月
静待红日东升

2018年12月9日

今天是你的生日

我必须捧起月亮
把今夜喝干
才能在这个寒冬
把马放回呼伦贝尔草原，把冬天藏在
我的身体里
让一朵雪花，灌醉你的灵魂
把月光拧成一根飘丝带，拴住你的细腰
放回大海，染黑
你日长月增的白发

我在烛光里看着你
一双迷人的大眼睛
藏着你一生的秘密
你的笑容里，开满了鲜花
你那特有的魅力，从你举杯的瞬间
发出晶莹剔透的光芒
一张佛面孔，两只菩萨耳

是上天的恩赐

天马行空,凌云壮志
你有一颗不服输而又纯洁善良的心
在洁白的雪花里
在我笨拙的诗句里,岁月宽厚的慈悲
一年复一年
时光轻盈地打开你的心弦
今夜无眠,在等一场雪
等一场大雪
送来春天的消息

2018 年 12 月 17 日

泪

落入酒盅
如浩瀚的海洋一样宽阔
汹涌的波涛
与远方春风秋雨,在海岸
交织邂逅

一生破落,月儿不圆
走成一地乡愁
与谁敢问路在何方? 山歌
从何飘来?
荡气回肠,孤独,干瘦

醒在呐喊声中
山野空旷,内心屏息着
月亮挂在树梢
秋风饮尽
怎么也找不到溪的影子

昼不醒，夜不眠

云水虚空

一丝亮光点燃东方，拽着

千年不枯的日月

收割世间泪滴

2019 年 3 月 7 日

我在春天里的心事

顺着雪花飘落的足迹,鸟儿在欢唱
春芽扶着柳枝在风中舞蹈

总是年复一年,冬去春来
让我无法松绑的灵魂在春天里释放
让我在春天里的心事
在春风里找到字句
打开诗歌的日志
写下春天里的故事

大雁从南方归来,洒下一串串话语
我在春天里的心事
——春暖花开

2018 年 3 月 21 日

那天，我来看过你

雪的光芒，照彻天地
远行的人
匆匆的背影，在雪地里
找不到影子

风正赶往何处？小舟穿过
柳条缝隙
嫩芽破土相拥
鱼儿追逐湖水的粼波

山野的灯火。留下了
凝视的眼神
深藏隐约的泪水
虚无浮华，让我在一首诗里渴望

我想象你的容颜
让时光的杯盏，斟满孤独与苍白

深陷蓝色的漩涡

思念的痴心飘成云朵

那天,我来看过你,远远地

看见了

上天神秘的恋情

一直延伸

延伸至大地的深处

2019 年 3 月 12 日

一千个理由

风，丢失的灵魂
在磨难之中
出乎意料的相遇
祭奠未知的神谕

灰色与暗淡
长出寂寥，如炊烟缭绕
越高越飘渺
怎能抵达一首诗的意境

心灵与神韵
找不到幸福，残酷地
耗尽自己的一颗心
洒下月色，与萤火过夜

荒芜与黑夜同床
枯草知寒

留住下弦月

缀满诗句一千个理由

2019年3月17日

告白

揽一缕春风,伴夕阳落下
细雨纷纷
鸟儿掠过水面,栖息莲上
鱼儿拨动着涟漪
云雀从一棵树,回到另一棵树
带着疑问,收拾着
内心的火焰

面向大海,月光点燃了浪花
远航的笛声呼唤着心上的人
春暖花开
拥抱心爱的莲花
以出自污泥而不染的姿态
告白人间

2018 年 3 月 1 日

腊梅

下雪了
你就笑了
露出了
半个红脸，眯着迷人的
小眼睛
勾引春天

2018年6月19日

想

时光流淌着云朵的影子
庭院里
弥漫着清欢
一池荷花悠然绽放
倒映心远

星星和月亮
一夜的温柔,乱了人间的风韵
也想在水中留下
魂魄素颜,清愁和哀伤
存暗香念人

听雨和风的蜜语
挂在屋檐上的相思,流着泪水
碎成一地的絮语闲言
一年不见的燕子
带来了春天的消息

独行河塘的小舟
捡拾着浅月的涟漪
洗花辦芳心,恋一世爱情
蔓延庭前院后
长满一地红豆

2019 年 2 月 11 日

爱

我站在山顶上说爱，说遇见
仿佛置身于天空的群星中
山涧的流水，满山遍野的花朵
这些惊悚之美
和爱相连

其实，在这之前
我爱过山川，白云，春风，雪花，细雨
爱过山外的黄昏，还有
落不下的鸟群
爱过暴风雨来临之前的飘云
爱过门前的小河
也爱过大雪后的山峰

我没有告诉爱，山顶的辽阔
大海的浩瀚

我只想找到，找到

属于我的那部分

2018年2月21日

莲花

我多么想你，在七月
脱下炎热的夏天
闭上眼睛，在月光下
收起你的花折伞
洗去你的汗滴

鱼儿围在你的身边
蛙鼓蝉鸣
柳枝弯下腰来与你说话
无声无息的蜻蜓
亲吻着你的脸颊

清晨，你捧起一串串露珠
献给太阳，霞光
从你身体里穿过
为你高高举起的火把
点燃动人的圣火

2018年7月25日

与你同行

我一直在那条美丽而又
弯曲的山路上
等柔风，等白云，等山花儿开放
等你
——吻我

倾听快乐和感激的心跳
没有什么要求
在这明媚的阳光里，我们
看蓝天，看白云，听泉水，闻鸟鸣
其实要求就是这么微小

只想有这样的一个季节
在某一天或某一夜
你走进我的心房
我一定陪着你去看海、去踏浪
去看山花儿开放

迎来的日子该是多么美好
就像大海的波浪一浪高过一浪
心情和信心一样澎湃
把悲凄抛进大海
在曾经一起走过的那条山路上
我等你,与你同行

2019 年 2 月 21 日

春天，你要嫁就嫁给我

新芽，花朵折磨着我的心
风儿，把小草赶上山坡
我内心的忧郁
春光洒满了田野

小河的流水喊着我的乳名
燕子找回了家
门前洋槐树的疤痕里
藏着我的信笺
不知春风是否已经送达？

村头的草垛里，传来了
春天的哭声
与远方的泪滴迎面相撞
大地万物伸出头来

一群蜜蜂蝴蝶，从桃园里

捎来了消息

春天,我在村口的桥头等你

如果你要嫁人

请你一定要嫁给我

2019 年 3 月 11 日

你是三月的桃花

——献给三八妇女节

总想抚摸你的脸庞
粉红色的花瓣
总想抱紧你柳丝般的腰身
互相对视
梦游在湖边林间
静享时光春色

一觉醒来，你在春梦中
松开的衣襟
盖住了脸颊，两行热泪
流到胸口
满地的芬芳，附着
你那耀眼的
勾心动人的肌肤，发出光亮

在这阳春三月

一定为你买花裙、花帽、绣花鞋
与桃花媲美
楚楚可爱的样子
醉了心扉
看着蜜蜂嘤嘤地飞

起舞的蝴蝶
扇动着多情的翅膀,留恋即将离开的花瓣
一切出乎预料
亲爱的！你是三月的桃花
请你关上门窗
我不愿再看桃花飘落

2019年3月8日

想念青春

你的回头一眸
销魂一梦
倾国倾城
你那迷人的眼睛
东方之魅力

西子湖畔
魂牵梦萦
旗袍的神韵
婀娜多姿，述说着断桥
美丽的故事

风儿轻轻吹拂
洁白的婚纱，随着
思绪飞扬，就像仙女下凡
荡漾在西湖之中
穿越逝去的时空

2018 年 7 月 28 日

秋柳情怀

柳叶,燕子般裁开枝条
映窈窕纤丝
晓雾潮湿,覆盖湖面
柳丝摇曳生姿,涟漪四散

好似羞涩的新娘
褪去铅华,依然无比美丽
抱着春天的往事
与你共舞,荡漾在金色的碧波里

身体里藏着春天的温暖
褶皱里埋下雪的秘密
你看,多少爱恋的眼睛
频频回眸,注视着你的一言一行

秋柳情怀,带着少妇的卑微
摇起一朵朵浪花

倒垂的丝发，种下一串串的心语

你听，秋波里唱着春的歌谣

2017年10月31日

小巷

我时常路过曾经和你一起走过的那条幽深而又古老的小巷
我喜欢这深灰色的砖墙，喜欢它的古老
看见它，如同
看见古道上的垫脚石，马背上的古董
马蹄声在小巷里回响

我顺着你离开的方向跑去
数着墙上的砖块
就像数着你离开的日子
每次跑到这里
就像跑进了春天，总是细雨绵绵

这里没有人道树，没有商店，没有灯红酒绿
只有一把破旧的遮阳伞矗立在墙角
与我一起愣愣地站在巷口的雨中
默默地凝视着你离去的方向
从你离开的那一天，每一天都一样

2019年4月11日

寻找

一朵独自漂泊的云朵，不停地变换着
自己的模样，躲避着
乌云密布的天空
雷鸣之后是闪电的颤栗

月亮以匍匐的姿势向银河靠近
两岸的泪水漫过河堤
牛郎织女以招手示意的方式相互致爱
星星流下了泪滴

在天地之间，细细的雨丝是否能够
准确地寻找到自己的答案
摇晃的人间已经满头白发，与天空的
阴晴圆缺难以预测

2019 年 4 月 26 日

窗

一盏灯火，打探着月光
绕吻着花开
是夜空的心灵
是远方的一朵玫瑰花
是你思念
流下的泪滴

一缕巡游的春风
抚摸着脸颊
你羞涩的样子，说不出一句话
屋檐下，高举起的
大红月季花
一颗火红的心，正向你表白

你是黑夜的眼睛
誓言与谎言
远方的山山水水

与每一次哭累的时光，只是

记忆中过往的风景

2018 年 8 月 2 日

城市依恋

灯火浓稠
漫不经心，还有些不近人情
宁静的夜晚
跟着忧伤的月亮，行走在黄埔江畔
滚滚的江水，细说着
两颗孤独的心

相互依偎的夜
如老爸，老公，亲爱的……
无论喊啥都不重要
尽是在黑夜里修行壮胆，其实
爱得深了
喊啥都是一样的

夜晚，属于我俩的那盏灯火
就会轻易地被淹没在万点霓虹之中
像茫茫的大海

谁也不知驶向何方
只因有了你，在这座城市里
我才有了故乡

酒是我的嗜好，喝醉了
只有喝醉了
我才把这里当成自己的故乡
你便成了故乡的人
我也就有了亲人
我俩就成了这座城市，夜色里
一抹浓稠的灯火

2017 年 9 月 9 日

余年之梦

有些痕迹留下暗疾
春追赶暮烟
素笺寂寞无言

摇晃的情感
与一座山相遇
像一首诗
月色在黑夜抚摸江山

脚步迟缓
空荡的心，在惊恐的梦里
看时间的云朵

叩动你的门
在枯黄的照片背面
流年已碎
看不见那个喜欢的人

怀揣梦想的匣子

卸下亏欠,与远方联盟

留下一个扣儿,系着剩余的岁月

2019 年 3 月 10 日

如果

我，是一只飞翔的雄鹰
如果没有天山的雪
如果没有雪层之上的云朵
如果岩石
还没有把山脚下的草原哭成绿色
如果云花
在一望无际的草原上
还没有走成羊群
一缕一缕阳光
一定会
穿梭在云层中
一一修正

我，会在洁白的毡房里
许下爱的诺言
在空中一个美丽的俯冲
耸立在爱情的城堡上

为你

守候着一生

2019 年 6 月 27 日

那时

那时，如若初见
深深的皱纹是沧海桑田的证人
山谷荡着秋千
槐树上刻下的诺言
已长变了模样

长在山腰的那条小路
还是那条山路，还是那么多的弯
隐约可见的背影
总是想起与你共度的时光

纷飞的大雪，不停地下
摇曳的炉火
无法抗拒荒野的白色
那条血红的围巾，在雪中
失去了方向

至今,遗落在雪下的

那条围巾

在衣柜里还飘有你的余香

你的影子

在黑夜里

在床前

在衣柜的缝隙里,一双温暖的手

总是在我眼前晃动

蓦然回首

——那时真好

2019 年 7 月 9 日

第四卷

思想篇

你以露珠的轻盈

曾经点缀过我的沙漠

在黑夜，月色旷寂的时间里

——石头停止了孤独

——《生石花开》

岁月静好

岁月年年，年年岁岁
蜡梅的温度，灌醉了雪花
唤醒了
风中深情告白的柳枝
萌发火焰
暗香溢出幸福的泪花

与所有的祝福一样
相亲相爱
皆如此事事如意，花好月圆
岁月静好
春风暖余生
辞旧迎新
捧一杯浊酒，饮下岁月蹉跎

山水神谕，空荡又喧嚣
绕过百转千回

岁月依旧

一缕钟声和细风

让生命发出美妙的回响

在尘世的时光里

默默地祝福

2019 年 2 月 14 日

日子

面向大海，与世事无争
星光依旧
与爱情、河流、浮云狂欢
拥有的光阴
在心底燃烧

穿过年年月月
爱恨情仇，画着同一天地
红日映海
天边倦意轻浅
晚霞的灵魂，不言不语
消失在山后的海洋

跌进海中的云朵
与海风，有时一样会走失
碰碰撞撞地
倒在内心深处，举一杯酒

祈求上天

给我的日子写一篇序章

2019年2月13日

把自己献给大地

像雪花一样,瞬间融化成了斑斓
幻想着留给大地
让盛大的阳光,怒放的岁月
容颜依旧,与蓝天同在

云朵坦荡,与
天地抱成一团,把满心的伤感
丢到天际,远方的游子
托云朵捎来思念

一夜的寒风,荡去所有念想
碾转的往事与梦想
潮水般在内心深处决堤
一串串的泪水成了云端上的雨

坦荡,放下所有的包袱
包括人间的一切事物,容我

像秋风扫落叶一样

把爱和恨与我一起献给大地

2019 年 2 月 24 日

石头情怀

最早的时候，是泡在海水里长大的
几万亿年前，谁也不会知道
……再后来，来到了南山之巅

孤独寂寞的时候也会哭
流着咸味的泪水，歇斯底里地哭喊着
如惊雷，如闪电
就像它的外婆——海啸的脾气

为什么要哭得这么伤心？因为
它很小的时候就被大海
遗弃，在黑夜里
它看见了外婆，穿着一身
蓝色的衣服——流着蓝色的泪

此时，月亮也哭了，捂着半边脸
直奔银河而去……

这一次

大海哭了，石头笑了

2019 年 2 月 28 日

人间无泪

习惯了孤独，就习惯了悲凉
尘世藏不住残甲
猫头鹰凄惨的叫声
惊醒了守夜人的梦

燃烧的岁月，阳光啜泣
猫儿打着瞌睡
村口的河床，田野
已经涂上了一层薄薄的秋色

喧嚣的人间，喜怒哀愁
生命嘶吼
世事凉薄，救赎俗尘
泪水拜谒相思的篝火

残梦在荒野里行走
一步一叩首

兴衰荣辱，像落日入海

穿越时空无泪的人间

2019 年 3 月 1 日

一直在路上

越山涉水，古道暗舱
踏出一路颤抖
洒满月色，日出云落
念想一丝初心

陈年往事，仿佛昨天
皆是涛声依旧
化成钟鼓，燃起激情
一杯浊酒再出发

和风云烟，坎坷曲折难料
一座城，一朵花
来与去，花开与花落
一样沧海一粟

路的方向在哪里？
命运的前程在哪里？

一直在路上挣扎的人，正与

阳光匍匐同行

2019 年 1 月 30 日

百姓

阳光在低处行走
揉碎梦想
黎明总是来不到村口
游荡在海平线上

村庄亮起所有的灯盏
犁透荒野
长出秋天的翅膀
幻想着丰收的果实

秋风辽阔，握住
这旷世的光芒
仰望漫不经心的天空
祈盼美好生活

江山如此多娇
想象的日子不成光景

落满人间的尘埃

而无法掩盖低处的沧桑

2018 年 2 月 26 日

五四青年节

初夏的色彩里，还有
春的味道
五月的朝霞
带着青春的气息，回忆着
夕阳与黑夜
追求与梦想的往事
老单车后座上的笑声，哭声
时隐时现
链条断裂的清脆声
戛然而止
军号的嘹亮
擦出钢枪铮铮

北上的列车碾碎了
苦难的日子
泪水里
迸发出青春的火焰

岁月的年轮

在生命里扎根

诗行里

传来了远方的旋律

新时代,新梦想

吟唱

青春无悔

2018 年 5 月 4 日

一枝黄菊花

以悼念者的身份
在灵柩前，聆听着
人生的简历
忘记了
春秋
也忘记了
哭泣
暗暗地念着横幅上的名字
默默地低下头
流下泪

2018 年 6 月 20 日

风

你是一缕清醒剂
一副苦口良药
舒心化瘀,提神醒脑

你催生春天
草长花开,温暖人间
引来了小燕子

你有火一般的热情
让人坚强
把夏日的阳光炼成火炉

你狂奔的性格
把秋叶一扫而光
硬是给万物染上黄色

你有一颗银子般纯洁的心

像雪花一样美丽

魔术般地描摹着山山水水

你是我的情人

我喜欢你

我喜欢和你一起行走

2018年10月16日

石梁河水库

是什么力量？横跨南北
似天而降的彩虹
一层层浪花，抚摸着蹉跎岁月
滚烫的青春
从一寸寸涟漪中走来
热气腾腾的号子声
从白鹭的翅膀里，不断地落下来

一串串笑声，一道道车辙
从太阳升起的地方，痴痴地
落在泄洪的闸门上
与独轮车呻吟的声音交相辉映
流年的怜悯
在阳光里挽留一片落叶

一个个排水口，张大嘴巴
呐喊着当年的誓言

一泻而下的洪流

汹涌澎拜，势不可挡

当年的艄公，忍不住的泪水

随洪流而去——

2018 年 11 月 19 日

夕阳等在下山时

每到傍晚，夕阳总是坐在山顶上
看着脚下的村庄

等着耕田的牛儿往家走
听耕夫的鞭梢刺骨响

等到公鸡上了架
听狗儿不叫了

等二愣带着寡妇进了房
听二人鼾声起

等鸟儿飞进树林
听山泉叮咚叮咚作响

等蜻蜓落脚向日葵
听见青蛙在歌唱

等人们和牛羊都进了村庄

听到大娘喊二娃回家

等山脚下河里的女人们洗完澡

看到茅草屋里的灯熄了

等月亮露出脸,夕阳才放心地下了山

此时,村庄一片寂静

2017年12月12日

我被岁月举起，又被一点点放低

雪花，这些天空上飘来的鳞片
准时栖息在梅枝上
一朵一朵的花蕾露出笑脸
被鸟儿撞了个正着，羞涩地
躲进了雪中

谷场上
大雪压低荒芜，被草垛遮掩的部分
闪出一块柔软的空地
就像我
被岁月高高地举起，又一点点放低
膨胀的大地，一寸一寸升高

一群麻雀争先恐后，在那块空地上
寻找着春天的消息
无法落地的喜鹊

站在杨树梢上，等着

被大雪覆盖的村庄，飘起炊烟

2018 年 12 月 20 日

远是那么近

在我的记忆里
仿佛有一个永远不知道的答案
今天即将揭晓
逆转数学困惑的思维

夕阳和天空
云和雨
雷与闪电的距离
这些草木之象
在我内心阴郁成云

我怎能把烦忧化为喜悦
吞云吐雾,寻找
晚霞与落日和大海的关系
直到荒凉与广阔
学会了语言

远是那么近

空旷的内心，咫尺天涯

莲花漫延暗香，呼唤挚爱的人

云月烟尘，丈量着

你和我的距离

2019 年 4 月 18 日

山谷里的忧伤

——写在清明之前

春风来到，雪花就跑了
还有一点点
没有来得及离开的寒风
使劲地摇晃着桃树上的几朵花骨朵
躲在崖石后的几粒残雪
流出最后的泪水

满山遍野的枯草
被风吹得死去活来
说不出一句话
只有山间一块块墓碑
默默地站在那里，一动不动
看着满地的小花
等着前来烧纸的人

山谷的思念，比天空还远

一切事物都被掏空

山谷颤抖，毛孔惊竖

清明前的风刮得魂不守舍

猫头鹰一声诡叫

带走了山谷里所有的灵魂，连同哭声

一座座坟冢，冒着一缕缕青烟

带着自己的情仇和无奈

好不情愿地，离开了

即将返青的山谷

——山谷里没有了忧伤

2019年3月31日

时光

流逝，低吟，颤栗
落进原野
钻进生命里
眩晕，寂静，虚空的酒杯
醉了红尘梦幻

孤独，迷惘
时光的记忆
没有给青春留下痕迹
流水的回旋
藏不住柔情的悲伤

爱的人，被爱的人
在夜空游离
不着边的琴声，断了还乡的路
逆行的时光
而在心中已空无远方

沟沟壑壑,跌宕起伏

如同人生涩味

时间的迷离

与南来北往的人群相对无语

凝视着凉薄的尘世

2019 年 4 月 17 日

这些

甩不掉的影子，月亮从不理会
黑夜是一种病态
月光不知道，它带来的是一场灾难
这一切，包括你不知道的

黑暗中的事物怕光，更怕阳光
想把春天的颜色藏在无人知晓的地方
雪花的边缘不是渡口
就算把花朵种在雪的心脏里

藏不住哭声的大海，汹涌澎湃
露出一波一波的微笑
把来时的行囊，遗忘在了沙滩上
而这一切，都变成了脚印

2019 年 4 月 27 日

半生山水

呼唤埋伏在尘世的自己
让世界去想象
不可理喻的草木
顽固地躲在角落里，疯长着
等待有一天撑起一片天

山水的远方是乡愁
常被黑夜划破的内心，点亮
一颗流星，仰望天空
触手可及的月亮，弯成了
自己的腰

一座山，一条河流
都是大地的血脉，颤栗在人间
讲述着一代又一代的苦难
枯黄的落叶，寻找着
自己来时的路

一层层叠加的云朵，笼罩着

旷野山川，挂满

露珠的小草，晶莹剔透的冲动

瞬间，穿透了

半生山水的渴望

2019 年 4 月 25 日

生石花开

力，是会创造美的
萼片，起伏在心的海岸
让曾经不懂幸福的人
忽略许多悲伤的细节

自从认识了你，就认识了石头
你是以石头的硬，撞击出万朵花的娇妍

你的山涧，你的岩壁，连同
你的沙漠
一切都是你的
我们，只是旁观者

允许自己打开自己的身体
把光纳入怀中
允许柔软在内心发芽
以刀子的形式，刺出血刃

高擎的花朵
在沙漠里
接受尘沙的跪服
还有强暴的风,一直没有疲倦过

你以露珠的轻盈
曾经点缀过我的沙漠
在黑夜,月色旷寂的时间里
——石头停止了孤独

2019年6月13日

北上石家庄

越过江南的风景
渡过长江天险
一路的云朵像过去的每一天
不知不觉
自由自在地飞翔着

所有的云朵，向北方集结
初夏的街道
和行人有些呆滞，好像
石头摇摆着
不会说话的手，生硬无情

在陌生的城市里走着
走着走着
双眸里的染色体失去了光泽
落地的麻雀停下了脚步
四处张望，惊恐得不知所措

莅临的夜空，呆立的树

还有大片大片的草地，不说话的

石头和飞鸟

被焦脆的脚步声唤醒

无人问津的

星星和月光忠实地记录着过往

2019 年 5 月 7 日

独居

孤零零地蜷缩着
活像一尊佛
蹒跚在门楼下
守护着，冷寂的家门
与一只猫相伴

一根拐杖画着四季
准时正点
迎接过往云烟
春夏秋冬，风雨霜雪
时光爬满额头

正如鸡鸣犬吠
风儿，轻轻拂去尘埃
变化多端的河水
熟悉又陌生
缓缓地淡出传说中的古老

至此，从未走出过村庄半步

破陋的草房

封存一生情感的记忆

屋檐下一根山草

拽住一抹夕阳，摇来晃去

2019年5月10日

那一天

因为你视角的选择
迷茫了
你整个人生

风从窗外走进来，捎来了柠檬味道
今天，当然还要有
一壶茶
把世间所有的忧伤装进壶中
进化在心田里

那一天，我等了你好久
虽然没有准备，而不是偶然

一切过于简单，空白，像风，像雨
至此，在你面前
我早就成了你的一台 X 光机
已经没有了思维

那一天

我顺从了上天,顺从了你

所有的疲倦

都随着风儿去了另一个山外

2017 年 4 月 17 日

秋夜虫吟

风爽，秋凉，舒适
虫儿的隐藏术是它的招牌把戏

这些不一样的长相，不知道的名字
发出的声音也不一样
它们也是来自五湖四海
只有歌唱
它们才是快乐的

在夜里，它们伏在草丛的最低处
和地面平行
看不见它的影子
偶尔发现草叶背后假装的样子
只要微风拂动
就会逃到草丛里，羞答答地偷窥着
外面散落的月光
继续把音量调到风吹不到的低音

吟唱的曲子里
有些淡淡的忧伤

路旁的杨树上
稀稀拉拉的几声蝉鸣
有些焦躁，这个夜晚不属于它的时代
空洞的高音里
在柔美的忧伤声中，有些单调

其实，秋虫和蝉都知道
这样的好日子不多了
使出所有的余力，不管来世如何
继续吟唱着
自己的原创歌曲

2018 年 7 月 28 日

时间的距离

从日出到日落
一天又一天
一年又一年
怎么也跟不上秒针的节奏
只有门前的那条小河不停地流淌

山上的野花
还是开着和去年一样好看的花朵
那只花狸猫
仍旧趴在妈妈的身旁
打着瞌睡

每次回到家里
我喜欢和妈妈一起唠叨唠叨
无意中看见
妈妈挂在南墙上的镜子
把它拿下来

擦了擦上面的灰尘，总算看到了
镜子里的我

好久没有看到自己了
酸甜苦辣的滋味涌上心头
泪水从镜子里滚出来
此刻，我才理解
妈妈长叹一声的含义了

每次回来，我一定还会去
父亲的老房子里
看着他的遗像，站上个半天
好像他还没有走
就藏在照片里
好想和他说说心里话

凉薄的无奈现实
改变了时间的距离
然而，人与人之间，不仅仅是
时间的距离

2017年5月20日

那块石头

土庙子门口的那块石头，被
纸钱烧得发黑，谁也不知道有多硬
酒和菜吃得饱饱的
蹲在门口
守着烧纸钱的人

一叠一叠的纸钱，烧出多少心酸往事
烧出多少哀思
一缕缕青烟飘去天堂
望着烧纸钱的人
欲言又止

一年四季，坚守着自己的诺言
纸钱烧光了
还是孤独地守着，坚守着
自己的神圣之地

未烧完的纸钱，抱在自己的怀里

只哭，无声，也无泪

2018年12月31日

忆童年

背着太阳和月亮
走在村前屋后,指天喊地
云风烟雨
奔跑在山野田间
柳丝抽打着村口的河流

鸡犬叫醒了村庄
抱着生活
享受大自然自由粲然的时光
沸腾的节气与庄稼同舞
播种着丰收曲

妈妈手缝的书包,斜挎着
在屁股上跳来跳去
手中的麦穗
笑得妈妈弯了腰
杨树上的蝉鸣一浪高过一浪

未足水桶的身高
提着星光修行,浇灌一朵云花
人世的苦涩,刹那间
看见了,只有过节才有的
花纸包裹着的糖块

土地的光芒,身怀秋天的禅意
低头的谷穗,如同
遗忘在角落里的油灯
草丛中的虫鸣,在旷野之上
尘世与秋天融合

大雪封门,小狗摆着尾巴
不停地叫着春天,
扑鼻的梅香
引来太阳爬上墙头
一群拜年的孩子,跪在雪地上
院子里,瞬间春暖花开

2019年3月10日

两个月亮

总有一些疼痛
藏在月光的深处

故乡的明月，染白了村庄
徘徊在村口的天空上
一个在银河，一个在水中
鱼儿追赶着
嫦娥飞奔
紧紧地抱在怀里

不敢去问几千年
月亮落在茫茫的浦江入海口
被割成两半
一头在海里，一头在江里
挣扎在缝隙里

两个月亮，落在
同一滴泪水里

2018年1月5日

夜半听见太阳在行走

无边际的深夜
地球和月亮,不见了踪影
唯有夜半的鸡鸣
听到了
太阳行走的脚步声

一张床,不知道
是否还在地球的表面上躺着
也不知道
何时的鸡鸣犬吠
地球也会翻过身来

太阳的脚步声越来越近
夜黑得越深
鸡鸣声就越密集
村庄的
鼾声就越响

一声朽木门的吱嘎声

加剧了犬吠的连续

一根拐杖

敲着地球的头皮

太阳吓得从大海的深处急忙跑出来

2019年1月25日

唯有诗不惧怕寒冷

初冬的傍晚，鸟儿
早早入巢
一阵风儿，加快了
枫叶凋零的速度，露珠
结成霜花
在黑夜里泛起银光，落叶
抖落一生的情怀
拥抱泥土
唯有诗不惧怕寒冷
行走在大雪纷飞的黑夜里
伴我度过
一个又一个的梦乡
袅袅炊烟
在黎明相遇
爱的诗篇从晨曦中走来

2018年12月4日

晚霞里，我看见自己

在半生的荒野里，猛然
看见斑驳、苍凉，骨瘦的自己
挣扎着醒来
匍匐枯黄的余生

轻轻的，星月带着天空的碎片
从破裂的天缝里漏了下来
遇见自己，还在
匆忙的路上
与过往的人一起奔走

夕阳漫卷西风
留恋山峰
如仙鹤戏水，无声无息的残霞
无人领养
像一个耄耋的老人

晚霞拥抱痛疼，我看见自己
一点点老成暮色
掠过额头的光线，刻出
一道道沟壑
流淌着岁月的长河

2019 年 2 月 16 日

命运

命运在人间
想象嘶鸣
漫步在苦厄中，彻夜未眠
像旷远的天道
无法抵达

呐喊的回声
走不出一个古老的传说
支离破碎的人间
是否还生长梦想
昔日的烟火，与谁一起前行

谋生计的人们，把这样的
白昼还原于世
诉说着自己满腔的怒火
昨夜的衷肠
打开山谷的泉水

年迈的情感，已经

找不到自己回家的路

悲痛欲绝

背负着荒凉的土地

无数的背影，正走进深渊

2019 年 4 月 9 日

凝望浦江

两岸，高楼耸立

相互对视

低吟的江水

泛起蓝色涟漪

斑斓了记忆中的故事

不知何时

我已站成江边一根没有血肉的栏杆

你可知道我内心的激荡

从贫瘠的土地

到灯红酒绿

你日夜流淌的江水就是我的眼泪

凄凉绝望

如同水面上飞行的鸥鸟

找不到着陆的树梢

我爱你

我多想为你献出自己的生命

殊不知

东去的江水，无法抵达

隔海凝望的人间

只好留下无尽的忧伤

2018 年 12 月 15 日

决断

每一次停站，总有一些人下车
在站台上，拼命地嘬上几口香烟
过把烟瘾

这一站，又有一些人下了车
铃声响起
一位老者急忙上车
正好和列车长撞了个满怀
列车长大声训斥
你怎么能在车厢里抽烟呢？
老者突然一愣，抬手一看
烟头还夹在手指之间
说时迟那时快
他瞟了一眼列车长
毫不犹豫地把烟头扔进嘴里咽下去
理直气壮地告诉列车长
我没有抽烟啊

列车长傻傻地站在那里,一动不动

车厢里鸦雀无声

2018 年 8 月 14 日

一生莲心

清修禅意，静坐于莲蓬
诵弥勒，渡苍生
念来去，风火烟云

善恶纠结，虚实幻梦
寄情于红尘
日思夜念，祈告神灵
出污泥而不染

于俗世静观，咒语中
缓缓入韵
生与死，嫉与恨
将昨天的扉页落幕

化苦界为菩提
捻佛珠成香，一缕一缕

放下欲念尘俗

幻化一生莲心

2019 年 3 月 12 日

第五卷
自然篇

化苦界为菩提

捻佛珠成香，一缕一缕

放下欲念和尘缘

幻化一生莲心

——《一生莲心》

四月的清晨

踏露而行
吮吸着山谷里酿造的氧气
满山遍野的鸟鸣花香
陪伴一路芬芳

晨光透过树梢
枝头拨动着春天的音符
与山泉合弦
引来云花开满山间

山脚下的一潭清澈
春风揉出碧波
一群掠水而飞的燕子
洒下涟漪碎语

田野里，疯长出
一些不知名的，各种各样的

五颜六色的花朵
此时油菜花已经衰落

村口哗哗流淌的小河
清洗着这片静土
河边一条及腰深的大辫子
甩出朝霞红满天

2019 年 4 月 15 日

春在人间行走

春在人间行走
过往天地
拽出柳长岸明
八百里秦川，载着春色
厮守抚触

晨曦袅袅，饮杯梦怀
沧海荡出意象
花开花落
酒盅里相思泪满
万物生长，人间有恙

春风妖娆妩媚
拎着月亮荡漾在水中
祈求菩提
愿满山遍野的孤独
在荒野绽放

空旷的红尘
在一首凉薄的诗句里
婆裟含烟飘渺
与嫩芽花草
在春光里再次修行

2019 年 3 月 27 日

四月春流

昨夜的春天
一夜红尘的桃花
残喘吞咽，姹紫嫣红的花絮
不知去向
怀揣的心思
落满大地

蹒跚在人间的烟火
淹没缕缕情怀
逃亡的月亮，站在树梢上
打量着小河里的影子
害怕，追赶的
鱼儿伤害了自己

追逐的鸭子
沉思漂浮，总想在水中
暗藏秋波

飞燕掠水调情

万物之灵，蠢蠢欲动

四月的春流在绿色的原野沸腾

2019 年 4 月 12 日

听雨

梅雨的随意
无法接受
一点心理准备都没有
总是那么任性

还好，多日的磨合
有些融洽
不紧不慢的样子
已耐不住

我走了，不打算带着你
你的傲慢
使我无法忍受
说慢就慢，说快就快

你一点都不听话
抱住我的腰

始终不肯离开我的身边

哗啦啦地哭着

荷叶上的雨声由远而近

由轻变重

粗细清晰分明

踩着蛙鸣的鼓点轻盈地舞蹈

2019 年 6 月 30 日

冬，空荡的衰竭

岁月与时间，不知道是否一样虚无
寒风带来的冬
碾碎山坡上的枯草
来年的光景
正在万物红尘中寻觅

诡异的冬天，不可叵测
时隐时现的脸上，藏着
无人知晓的秘密
毫无顾忌的雪花，一丝不挂地从空中走来
双眸里
洒落着一地的话语

村庄上的炊烟，压低山头上的云朵
仰望倒悬的天空
——只见
空荡荡的山坡

空荡荡的人

空荡荡的荒野，衰竭的冬

2019年1月10日

游大明湖

大明湖，灯火从容
牵着自己的影子
打捞着一波又一波的涟漪

超然楼埋下的山水
等待更远的人
春风柳下的芦苇，默默无言

重叠的光阴
彻夜不眠，匍匐在流水之上
摇晃的风影依旧斑驳

隔世的琴声，诉说着什么
掉进湖中的月色
抖落一湖辛弃疾的词
缓流慢吟

2019 年 3 月 11 日

春意轻轻

月亮遮着半个脸颊
星光闪烁
凛冽的寒风
抽出佩刀,歇斯底里地
叫喊着
熟睡在山坡上的枯草

月光,轻轻地抬高脚步
蒲公英的花蕾
躲进叶下
虚无的旷野
篱笆颤抖
落下一片鸟影花语

春的气息发出淡淡的幽香
轻轻地走来
藏不住的春意

伸出柔嫩的双手,摇曳着
柳芽上的雪花
喊出春天的秘密

2019 年 3 月 5 日

冬天的小南山

风儿无法静止，枯黄的野草
一波一波起伏
一浪一浪作响
树叶吹着口哨
一场冬季交响乐在山间拉开序幕

瓦片上覆盖着一层白霜
炊烟掠过骨瘦如柴的杨树
无叶的树梢
无法挽留一片白云
直奔山腰而去

山涧的小溪
已经听不到它那美妙的歌声了
只能听见
那片光秃的树林里
鸟儿叽叽喳喳的吵闹声

没有一点寒意

一定是因为爱情，在争风吃醋
一个劲儿地打闹着，追逐着
在空旷的天空
来回穿梭，忽上忽下
给冬天的小南山
增添了一道美丽的风景

2017 年 12 月 16 日

听春

一瓣一瓣的寒梅
辞旧迎新
圣洁的月光，泛起涟漪
纯粹，纯净
拨响春的琴弦

驻留瞬间，回望过往
景色沸腾
祈祷怀揣的梦想
揉搓陷入迷茫的旋律
期待春的脚步

穿过钟声的雪花
与春重逢
碎成悲伤和忧愁
纵放春色
撩起暮年，弹掉尘埃

旷野，咽下露珠

滋养绿意

轻柔的春阳，足够擎起天空

春的神谕

在大地上弥漫开来

2019 年 2 月 12 日

迎春

一场冬雨，隐藏着
春的味道
与画眉一起在梅枝上
描摹着春天

万物复苏
慈悲生息，抚摸山川草木
梅花点胭问路
炊烟袅袅
行走在春风里

游子和万物一样，漂泊在
异乡的街头
呼吸着春天的气息
人流浩荡。各奔东西
采拾春的梦想

雪花深植于寒风

孕育草木花朵，一衣带水

长出满满的诗行

捧一壶老酒，迎接春天

2019 年 2 月 12 日

春节

祈盼的年，一载又一载
煮熟了南山
腌制了河流，烹饪出浓浓的
年味佳肴

红红火火的梦
夙愿生息
红红的灯笼里，洋溢着
幸福满满的醉意

相聚一腔激情
春的温暖
在酒盅里盎然，像火红的
朝阳一样绚丽

容颜，在沧桑中繁衍
日子有时也会有

夜不能寐
似乎已经听不出乡音

年在火红的灯笼中燃烧
融化在乡愁里
藏不住的泪水
浇灌故乡咫尺春意

2019年2月5日

大雪日

还没有看到你的影子
心已经醉了

煮一壶老酒
酿一首情诗
等候
你从远方走来

好似梨花蝴蝶飞
轻轻地落在
双唇之间
想，亲吻你
——都舍不得

2017年12月7日

雪夜

今晚的琴弦，一定是
雪花洒下的谎言
恍惚的敲门声
撕裂了夜的梦，就此一首
苍凉的诗行
行走在茫茫的雪夜里

数着窗外的雪花
心酸的泪水
苦难的日子
岁月沧桑，背井离乡
往事漫卷心头
所有的记忆都已覆盖积雪

雪花摇摇晃晃
簇集芬芳，漫过高山大海
洒满人间

而我一宿的悸动，怎么也
扯不开
天亮的大幕

雪和我几乎同时抵达
一夜，飘摇跋涉的雪花
千顷万顷
白得如同黑暗，憔悴与孤独
从四面八方
把隐秘献给了人间

2019 年 2 月 1 日

元宵节

片片雪花，拥着
高高挂起的红灯笼
在风中舞蹈

梦想的蝴蝶，带着春意飞翔
山高路遥，谁
在他乡寻找日子的明亮

试用诗行，拾起
洒落一地的声音
可怎么听也不像思念的乡音那么悠扬

他乡，故乡，多少人眺望同一个明月
满地的落叶啊！
也无法知道自己安身的去处在何方

2019 年 2 月 17 日

冬雨

如雪一样，颤抖的思绪飘落一地
月季花的心里，燃烧着
另一场花事
万紫千红的告白，摇曳着
一场白色斑斓
浅薄的雨，牵来春波蠕动

如同嫦娥奔月的相思
凛冽的寒风，时而匍匐
时而呼啸
无眠的雨滴，孕育着
柔软的夜，旷野的光影里
玲珑而又千丝万缕

无法自拔的冬雨，倾听着
花瓣坠落的疼痛
在雨丝里抽出骨碎与悲哀

放任山谷细雨的自由

或许还有无法

知晓的心事和秘密

2019 年 1 月 25 日

腊月的月光

喜欢隐匿在山间的沟壑里
干瘪的葡萄架上
一无所有
在寒风中颤抖得死去活来
托举着空旷的天空
从无垠的夜里
默默地走来

树梢上的风,吹着唢呐般的乐曲
一片孤零零的叶子
一些影子在荒野里,偷着散落的星子
不知去向
没有人能猜透它的心思

庞大的白色,雪花开始呜咽
与蜡梅拥抱
一瓣一瓣

红里透白的笑脸，变成了

一群一群的花蝴蝶

越山过河

去寻找春天的消息

2019年1月24日

春色

春色溢出三月
所有的光
夜心惊胆战，顾不上
春风里的梦

月光，绊倒在桃树之下
满地的飘落
猝不及防
人间云烟风尘

时间的碎片，犁开
大地，春的气息
清新淡雅，心静得
能听到小草发芽的声音

淡淡的花香弥漫开来
捧月举杯，把春色

埋在泥土里

让爱与白昼一起漫步

2018年3月25日

月光

穿过旷野，越过高山
揽下大地
和低处的思维，还有
坠落的花瓣
以唐诗宋词诉说辽阔

风儿呼喊，月儿回望
一首带着芳香的诗
驻足花下树旁
田园已铺满丰收，所有的
月光欢畅飘逸

露珠洒在每一株草尖上
摇晃着月光
春风满面，羞涩的露珠
入地成灵
孕育一地朦胧

纯洁,宁静,祥和
含情脉脉的月亮掏出远方
牵着单薄的月光
带着满心的惆怅
淹没在大地旷野之中

2019 年 3 月 2 日

惊蛰

有雷空灵，有水婉转
大地盈满东风
阳光普照，粉瓣点染枝头
莺啼叫乱了心思
燕子戏水问柳

樱花的粉白花瓣
迎着调情的细雨缠绵
孕红梅色
柳丝按捺不住桃花的勾引
扭着细腰
漾动一池春水

梅叶如蝶飞
柔风细雨，似虫蚁爬行
春耕的人间
播种着一颗少年心

情随花开花落

潺潺而去的溪流

追逐着春天,敞开的远山近水

2019 年 3 月 6 日

秋天的小草

其实，不论是春天的，还是秋天的
小草都会说话
特别是秋天的，只要用心去听
触心，感人，流泪

山坡上，沟壑里
它们发出的语言，是不一样的
山顶上的
擅长唢呐，和着秋风舞蹈
摇摆着枯萎的身躯
——呐喊疼痛

深秋的小草
正忙碌着编织御寒的衣裳
哪怕是死了，也要
无私地把生命献给大地

为唤醒春天

——无怨无悔

2017年10月5日

小满

初夏的五月,着实让人联想
随微风飘动的草木
昂首挺立的麦穗
顶着烈日与雨水
多像当年我背着背包走出村庄的样子

村口一串串模糊的脚印
时刻提醒着自己
额头上的那粒石子,记录着
父亲的嘱托
我死都不能忘记,在出发的地方
两行纵横的老泪,就是
送我踏上征程的两条铁轨

时光把熟悉的面孔一一消失
一茬一茬的四季
熬去了花朵的容颜

天上的云朵
牵着我一头的白发，寻找
我失去的故乡

如果时间可以回头
我愿意拿起父亲挂在墙上的那把镰刀
在这个季节
回到一望无际的麦田
抱紧一捆麦子
在这片金色的海洋里
重学做人，做事

2019 年 5 月 21 日

夏至

太阳被晚霞拉下了山
火辣辣的热潮
从太阳的毛细血管里钻出来
从大海照到大地

杨树上,成群结队的蝉儿
奏响了正夏的交响曲
拈花惹草的红蜻蜓
找错了对象
差一点
被一只看不惯的螳螂
抓个正着

此时,一群一群的麻雀
向村庄飞去

2018 年 6 月 21 日

腊八节

沸腾的波浪
带着温度
从一锅粥里跳出来
驱赶寒冷
远方的妈妈，正喊着
我的乳名
取暖

列车越来越近
不同皮肤的八兄妹
聚集在一起
煮着煮着，煮来了
雪花
熬着熬着，熬出了
年味

2018 年 5 月 29 日

秋深

刮进山坳里的风越来越大
草房子屋檐一张一合
枯黄的野花垂下了头颅，松树上的
小松鼠跳来跳去
松毛洒落一地

没有拔掉的玉米秸
在风中沙沙作响
一片杨树叶，拽着树枝
死死地不肯放手
一只只石榴涨红着脸，在树枝上
摇来晃去，神魂不定
一场秋雨过后
该有多少无辜的生命面临死亡

2018 年 8 月 31 日

秋雨

你正以舞步的姿态
顺着一条街道,一直往前走
湿透了所有路灯
灯光依然明亮

我喜欢你那细细的,长长的
柔软的腰身
今年,你来得晚一些
我特别喜欢你的那份凉意
喜欢和你相遇在夜晚的风中

秋叶赞美你一生,它却用了
一季的时光
等你落在枝头,可是无奈的
落叶已经离去

我多想让秋风拦住你

把你留在晴朗温暖的人间

哪怕我

这次决定又是错的

2018年10月22日

立秋

一片落叶，慵懒地扶摇直下
恰好，季节涨了红潮

叶儿飘落一个秋季
蝉儿唱响了离歌

蜻蜓，划出一朵晶莹又消逝
蛙鼓响彻旷野，有泪隐于水中

娇美的莲荷
一瓣红一瓣白，随风流而去

2018 年 8 月 7 日

秋

梧桐树的叶子，迎着萧瑟的风
一个接着一个地坠落
错落有致的树枝显露清晰
蝉声凄凉
被树叶叠加覆盖
就像爱把心裹了一层又一层

村还是那么大，没有被落叶缩小
灯下打着瞌睡的女人
仍旧等着城里寄来的包裹，梦中
秋风送来了好的消息
高兴地在院子里
转了一圈又一圈，静候在门口

2018 年 8 月 24 日

我是离别秋天的一片落叶

在异乡的城市，似乎只有夜晚
才有一点点秋的气象
一座座高楼大厦，挂满了
一片片光亮的叶子
一条条的马路，穿起了
一串串的红灯笼

路灯下，只有影子
拉得很长很长，灯光使劲睁大眼睛
记录着过往
没有秋的一点气息
再强烈的灯光，也无能为力
让秋色变得更加浓郁

故乡的秋天，就像
一杯甘醇的红酒
顷刻之间醉倒在秋的怀里，就连

月亮也活成了一片落叶
眯着半个眼睛
栖居天空，暗恋银河
荡漾在繁星之中

云朵停下脚步，歇息在山顶上
鸟儿和着山涧的泉水
唱着山歌
为飘落的秋叶鸣不平
扇动着翅膀，穿梭于山间
抚慰落叶枯竭的心灵

秋风萧瑟，不情愿地摘下
一片一片的黄叶
只有一缕温暖的阳光，在山坳里
沉醉着，翻过山峰的秋蝶
吝啬地亲吻着
一朵已经夭折的野菊花
哭泣的翅膀
把思念摁进草丛中

一只鸟儿，从天空俯冲而下
弯弯曲曲的山路

长满了枯草野花，鸟儿凄凉的
叫声，在旷野中回荡
被晚霞染红的双翼
咀嚼着天地之间的快乐

这时，一群麻雀从屋顶上飞起
在炊烟里寻找方向
在世间挣扎的人们
多像月亮在云层里行走
更像是我离别秋天的一片落叶
自由怜悯，而去向不明

2018 年 9 月 25 日

莲花岛

任凭潮起潮落，流年轮回
海水也无法淹没
没有莲，也没有花
只有巴掌大的
岛屿，隔海相望的
观音菩萨
指点着江山

在暴风骤雨中
站在岸上的 506 尊罗汉
使出浑身法术
让礁石化为海莲
让美丽的花朵在浪尖上微笑
让来游岛的人
不虚此行

2018 年 5 月 20 日

在春风里

抱紧恍惚的记忆
隐约狭窄
爱与温柔的风，各自一路
柳枝在摇摆
吻着春天的气息

如此，日子和念头
渴望醒来的种子，行走在
氤氲的路上
让春天原谅所有的罪行
等待春暖花开

茶一杯，泡出山泉叮咚
酒一杯，喝出四季常青
欢笑的面容
让竹林发出阵阵欢呼
倾听大自然的诉说

疯长的青草跑遍山野

花儿一夜绽放

雄鹰翱翔，抖落一片黄昏

心灵的春风

绕过山头，送走落日

2019 年 2 月 20 日

我看见了春天

绿色的大地捧起花朵
献给春天
细雨依然飘柔
低飞在山涧的云朵
总是来不及爱
就已经深陷
春风亲吻着小草
紧紧地抱在一起，解开了
幽香的衣扣

我多么想停留在你的怀抱
此刻，你怀中的春色
需要怎样的虔诚
才能挣脱眼睛的迷茫
我已经不知去向
被裙裾遮挡的春天

时隐时现

我在摇晃中，看见了春天

2018年1月27日

年，是孤独的

岁末天空的星月
是一片孤零的灯火
祈盼的祝福
在无人荒野中燃烧着

年夜萦绕，不停的爆竹声
渐行渐远的背影
无法抵挡的严寒
燃烧的心
在孤独和寂寞中徘徊

爱我的人和我爱的人
忽隐忽现
日子就这样原生清凉
也好，少了些应酬，少了些烦恼
多了一些时间

过往的孤独，雪与泪

都是上天赐予人间的精灵

希望的太阳

重复着一年又一年的光阴

2019 年 2 月 8 日

立春（组诗）

一

除夕恰逢立春日
岁末的钟声，与
雪花和春风迎面撞了个正着
有些不知所措

阳光在深冬里闪烁
以最初的温柔
泛起春的涟漪

蠢蠢欲动的草木窃窃私语
柳芽在风中摇曳
蜡梅露出粉红的笑脸

渴望的种子在厚厚的积雪里
吻着春的气息

南来的燕子衔来一个春天

二

风从南方吹来
穿过了山岗，来到村庄
雪花带来了
一些正在酝酿着回归的消息

从体内崩溃，到大地开裂
冰在河水里呻吟
柳芽在枝上叫春
梅在雪中偷笑
野花的种子掀开了土壤的棉被

春光一脚踩出一片绿色
一朵又一朵美丽的
小春花
于暮年里开着

2019 年 2 月 4 日

立夏（组诗）

一

村口的树荫下
妈妈仰望着，仰望着天空
飞来的一群大雁
望着
一直望着
直到
看不见为止

此刻，阳光
从大雁的翅膀里
射下来
照在
妈妈的脸上

二

原野的气息，轻盈
春的尾翼，抓住
懒洋洋的阳光，不想离去
耕牛犁田，勾勒出
一幅田园风景水墨画

插秧是水上芭蕾
后退自如，左右开弓
往返不停
梦想在指尖上飞翔
绿意丰满大地

歌声在风中飘扬
绕过屋顶
一缕炊烟袅袅——
一只烟斗点燃满天繁星
洒下月光遍地

田埂上，虫鸣声四起
水塘里的大白鹅
昂首挺胸，播撒着

丰年的光景

红日的光芒，从粼光中溢出

2018 年 5 月 5 日

五月（组诗）

一

伸直了腰杆的小草
挥舞着长袖
将阳光揽入怀中
暖暖地轻声细语
摇头微笑

小河里的蝌蚪精神抖擞
摇着小尾巴
在岸上树荫的呵护下
跳到草丛中
快快成蛙

池塘里的鸭子成双成对
追逐着爱情
在初夏的时节里亲吻

孕育生命
享受甜蜜

田埂上的羊群啃着刚出生的嫩芽
麦苗在春风里窃窃私语
满心欢喜
茁壮成长
一夜拔出了一大截

山坡上，山涧里
花儿争先恐后地绽放，开得疯狂
鸟儿和着泉水歌唱
野梨花，仿佛五月的雪
染白了沟沟壑壑

二

初夏的风，比往年
来得晚一些
春的味道还有，但
还是原数吹开了山上的野花儿

我抱着一本书躺在山脚下的
一片草坪上

风一吹
阳光照在扉页上，也照在
我的脸上

一群蝴蝶贴着草坪飞行
落在小花上，五颜六色的花儿
有红色的，黄色的，白色的，蓝色的……
有名字的，没有名字的，认识的
也有不认识的……
蜜蜂也来了
吻着花蕊
弹奏着自己原创的钢琴曲

我身旁的一片麦田，露出了
淡淡的金黄，在阳光下
守候着诺言
等待着农人们，昨夜
磨亮的镰刀

2018 年 5 月 7 日

白露（组诗）

一

随着列车北上
秋意渐浓
江南的记忆，被列车甩在了脑后
一些小草，还没有
来得及脱下绿色的夏装
衣襟已被染上黄色

夕阳的余晖，洒在车厢里
如同汹涌澎湃的大海
在晚霞里奔腾
一层一层霞光，就像
欢腾的浪花，跟着列车的奔驰
走进彼岸初寒

二

风，越来越凉
月光，淡白
秋意渐浓

燕子没有了踪影
树叶松开了枝干
小草低下了高傲的头颅
眼角挂满泪珠

寄回家乡的包裹
不知道妈妈
是否已经收到

2018 年 9 月 8 日

夜（组诗）

一

漫长的黑夜，寂静
时光停留，风儿静止
看不见的爱情，叫醒痛苦的夜
晨鸟齐鸣
东方的使者，露出半个红脸
裸体的夜，被第一道阳光带着虔诚
与鸟儿一起欢唱

星辰在遥望
沉睡的夜，醒来了
爱情，醒来了
茫茫的黑夜，披着阳光的婚纱
祈求，走进富丽堂皇的
婚姻殿堂
此时，教堂的钟声，吟咏着

上帝与爱情的承诺

二

空旷，微凉，静谧
单调呆乏
所有事物，都是漏掉的月光
清瘦，柔弱
用掩埋黑夜的风
掐断自己嘶哑的歌喉，向死而生

躲不过的尘世，连风
也丢了自己，丢了隐秘
空寂的夜，不忍心在悲伤的河流中
灼痛无辜的石头，河畔上
一群麻雀，赶走了
裸露在阳光里，忘记回家的夜

三

夜，自言自语，呢喃已有些羞涩
奔跑，游荡
一无所有的叶子，凋零，孤独
风，站在一旁
诉说，关于这夜里爱情和春天的韵事

其实，我还是喜欢冬天的夜
一步一步，喊着号子
怀里的叹息，砸在地上
笃定成为悲凉的碎片
在梦里，滑落在枕头两边的河流中

不论是春夏秋冬的轮回
我还是喜欢
那些在夜里制造故事的人
把自己的心事和情话袒露在
凄凉的夜里
让无人知晓的夜，独听呜咽

四

夜灯浮生，星星悬空
月光流云
像远处的旧事，瘫坐在山坡上
大地的呻吟与森林呼应
掀开了梦的衣襟

记忆的春秋，无法回到从前
一次次地折返

秋水长天
如雁鸣影像，一闪而过
归尽斑驳的荒野

苍老的时光，捻成一线钟声
抖落一地的影子
惜时已为人间
月色与烟火
执意抵达山坳里一间茅屋

五

在黑夜里，取出自己的身体
灯盏落下一丝光亮
涌进喉咙里的寂静，还有
此时的夜色
——比一丝光亮更恐怖

天空有多么远，谁也不知道
迷茫中的天地
光与暗
那么一往情深
飞溅的泉水，在山间问路

一夜的风声，不见人影
诉说着孤单和寂寞
晶莹剔透的露珠，裹着
一层薄薄的外衣呻吟
溅出一片众生，匍匐在草地上

昏厥的夜，仅有的一丝光线
一次次的生与死
重重叠叠
奔腾不息地挣扎，能否
打开黑暗中的黎明

六

孤独，荒凉，悲伤
月亮依偎着一朵浮云
托腮冥思
没有灯盏的茅屋，在小河边低吟
迷惘的星星眨着小眼睛

草丛中飘出的虫鸣
吟诵春的诗经
山坡上一片绿油油的小草
流出晶莹的泪珠

莲花般的心随风跳动

往年的枯草摇晃着旧影
月光踩着夜色
偷偷抚摸着正在挣扎绽放的花蕾
荒凉逐渐变成绿色
静得能听见新芽破土的声音

山谷的花月夜下
一身风烟,随水色流星而去
突然一声鸡鸣
恋夜的月亮跑到山顶
羞涩的眼神,远远地凝视着东方

七

忍不住孤独,月光从天上掉下来
空荡荡的夜
碎成一地幻想
虚无的,漫无目的地走在大地上

没有思想的空幻
激荡一夜
还是那么毫无目的地游晃

穿透悲凉的沧桑

落下的花叶与月尘
疼痛与忧伤
月光挤出的泪水成了命运的风灯
漫成天空断肠的流星

八

在灯盏下
歇斯底里,掐着
嘶哑的喉咙,大声叩问黑夜
能否找回自己

吞下此刻的夜色
给远方的白云
吐出一缕清风,可否带来
一些消息

茫茫的天地,那么用心
维持着生命
那么多的
疼痛,夜已无限疲惫

唯有在黑暗里取出自己的肉体
山间多情的泉水
一如既往
飞溅的泪花诉说孤单

越走越薄的月光
星辰悲悯，一路匍匐在人间
寻找自己
归来时的样子……

九

卸下喧哗，抓住寂静的
夜色，翻阅着
大地的一草一木，一山一水
轻轻地
拂在幽静的山坡上
彷徨，徘徊

一丝丝的月光，深深地
缠绕着我的眼睛
裹紧大地的尘埃，带着
呼吸的激荡
挽留一段艳遇春天的惜别

月光越来越近

月亮把黑夜涂鸦成白色
夜越深白越亮
所有移动的物体,跟随自己的背影
描绘更美的轮廓
月光一点点收藏着灵魂
在夜空里等待

寂静的无眠,推开窗棂
草坪上萤火虫
把铺在地面上的月光
烧了几个洞
飞舞的亮光闪烁在黑夜的眼睛里
给了夜空一丝温暖

透过萤光洒下的斑驳,怜悯地
安慰着秋虫的忧伤
夜,没有一点的疼痛
向东流淌的河水
没有一点停留的迹象
怒放的生命,在黑夜里守望

2018 年 1 月 16 日

后记

《生石花开》是我的第二部诗集。最初在考虑出版这部书的时候，我想到的书名还不是这个，而是“一粒石子”。

我是从农村走出来的孩子，对生养我的家乡有着浓重的情结，我大多数的诗歌素材也都来自于农村，来自于现实生活。家乡的山山水水、一草一木，令我终生难忘。

那就先从一粒石子说起吧！

那一年，正是深秋的季节，秋风送爽，阳光宜人，到处是一片秋收的喜悦景象。我响应党的号召，根据适龄青年参军入伍的指示精神，顺利通过了体检和政审，成为一名光荣的解放军战士。

临走的那天，我记得是一个阳光明媚的下午，大队领导安排了欢送的锣鼓班子。我在敲锣打鼓的人群中兴奋得不知所措，胸前的大红花显得十分耀眼，手里的香烟到处乱撒，抢烟的大人和小孩们在地上打闹着，熙熙攘攘的人群行走得很慢。我突然看见父亲，蹲在门口的小桥上，眼里含着泪花，我走过去对他说：“爸，我走了，你自己保重身体。”我没有想到，父亲只给我回了一句话：“既然出去了，死都不能回来。”我愣愣地看着他，没有一句话，忍着眼泪，带着父亲的叮嘱转身走进了人群。

欢送的队伍已经送到了村口，按照惯例，他们就要回去了，到了说再见的时候了，我含着泪水，望着他们远去的身影，心中百感交集，酸甜苦辣涌上心头。我走到山岭的高处，向着自己的村庄，向着父老乡亲，双腿跪地，在布满乱石的荒地上磕了一个大大的响头，也是给我父亲的那句话一个响亮的回答。就是这么一磕，就是这一粒石子在我的额头上与我一起成长。正如我在诗歌《一粒石子》中写到的：

一粒石子
一个疤痕
一生记忆
是我深藏的一片海
是我前行的风向标

这就是我最初想将“一粒石子”作为第二本诗集书名的原因。

后来觉得这个书名虽然饱含了我的人生转折的故事，但是似乎太简单了，格局也不大，心里一直很纠结。一个偶然的机会，我和几个朋友一起去北京参观世界园艺博览会，在中国馆里，我看见屏幕上正在播放介绍各种花卉的宣传片，其中有一种叫作生石花的神奇植物，看了关于它的图片和文字介绍后，我竟傻傻地站在原地，看了一遍又一遍，我也是第一次知道，世上还有这样的植物。心想，它和我的性格命运如此相像，在荒芜中生长，尽情涂抹生命的苍凉。

不久，又与红绸妆工作室的创始人陈文婷邂逅。她听了我对生石花的感言，品鉴第二部诗集的内容后，也感动于生石花的独特花语和积极向上的人生启示。她决定携团队设计《生石花开》文化创意丝巾，唯美的设计在非遗苏罗上铺陈直叙，盎然古意与现代时尚碰撞，书香、丝香完美融合。

……

至此，我第二部诗集的名字《生石花开》就诞生了，这样更加完美，内涵也更加丰富。正如诗歌中所写：

力，是会创造美的
萼片，起伏在心的海岸
让曾经不懂幸福的人
忽略许多悲伤的细节
………
允许自己打开自己的身体
把光纳入怀中
允许柔软在内心发芽
以刀子的形式，刺出血刃

这是一种什么样的精神？这得需要多大的气魄啊！面对悬崖绝壁，沙漠尘暴，你泰然自若。你高高擎起的花朵，像熊熊燃烧的火焰。在浩瀚的沙漠里，如同翻滚的浪花。一颗石质般坚硬自信的心，不畏强暴，不惧孤独，在花开中突围，你是穿过沙漠的生命之花。我喜欢这种不服输的性格，正如我在茫茫人海里数十年来的打拼、奋斗。

借此机会，我也想谈谈这几年来自己在诗歌创作上的一点感受。

农村是传统文化的血脉，是我生命开始的地方，如今也是我诗歌写作的源泉。乡愁是一种记忆、一种情怀、一种对根的眷恋，也是文学中永恒的母题。不管你身在何处，官居高位还是一介草民，荣华富贵还是平平淡淡，当你累了倦了，或者是闲下来的时候，读读诗歌，儿时的记忆就会在眼前浮现，栩栩如生。通过诗歌，藏在自己心底的快乐和愿望得到了慰藉。这些年我写诗，也读诗，希望能在阅读中有所发现，在生活中体验诗意，让人与社会变得更加真实、美好。

今年是我写诗的第三个年头了，诗歌的艺术语言，词语的张力、句子的旋力，段章间的合力都还是表达不够的，我需要增加和储存自己的词汇量，需要真正把自己沉淀下来，让诗歌语言更加精练和简洁。

在以后的日子里，我一定要努力读书，多读多写。一本书就是一个世界，阅读越是多，内心就越是沉稳，做事做人就越是有底气。一个人的气质里，藏着读过的书，走过的路，爱过的人。气质是生命长期沉淀的涵养，是漫长时光赠予我们最好的礼物，是叠加厚德的重要阶梯。即使读书不会给你带来直接的财富，但是却可以使你的内心富足。

当你爱上读书，整个世界就会爱上你。在书中的世界找回真正的自己。让诗歌能够催生读者的情感世界，让思入境，让情入神，同时让超越想象的真实性，在诗歌里表现得淋漓尽致。让想象更加清晰生动，逼真感人。

在诗歌的艺术技巧和语言的运用上，还需要长期的写作训练来提高，不能停留在初级阶段的水平，要想学会把诗歌的各种元素合为一体，从而激起内心的独白，不能靠一些奇异古怪的诗句博取眼球，也不能用一些华丽的词藻去讨人喜欢。有时诗歌的魅力正在于，看似平淡无奇，字里行间却游走着独特的灵魂。诗人能够敏锐地捕捉到生活中的点点滴滴，然后赋予它们以语言和生命。诗歌从生活中来，还要回到生活中去，接地气的诗歌最真实。我的诗歌离不开几十年的人生经历，离不开自己对生活的感悟，我试图通过这些目前尚不成熟的诗作，书写岁月沧桑，表达内心的渴望和对人世间真善美的向往。

在这里，想要感谢的人很多很多，我要感恩一直以来支持和关注我的亲人和朋友们。感谢江苏凤凰文艺出版社，感谢编辑老师们的辛勤付出，因为有了你们的努力，才使得我的诗集得以顺利出版。在这里，我还要特别感谢叶延滨老师在百忙之中抽出时间为我的诗集写序。在今后的日子里，我将继续努力，力争写出更多更好的诗歌，回报大家，回馈社会。

张绪康

2019 年 6 月 8 日于上海